KB195413

킬러 문항 킬러 킬러

킬러 문항 킬러 킬러

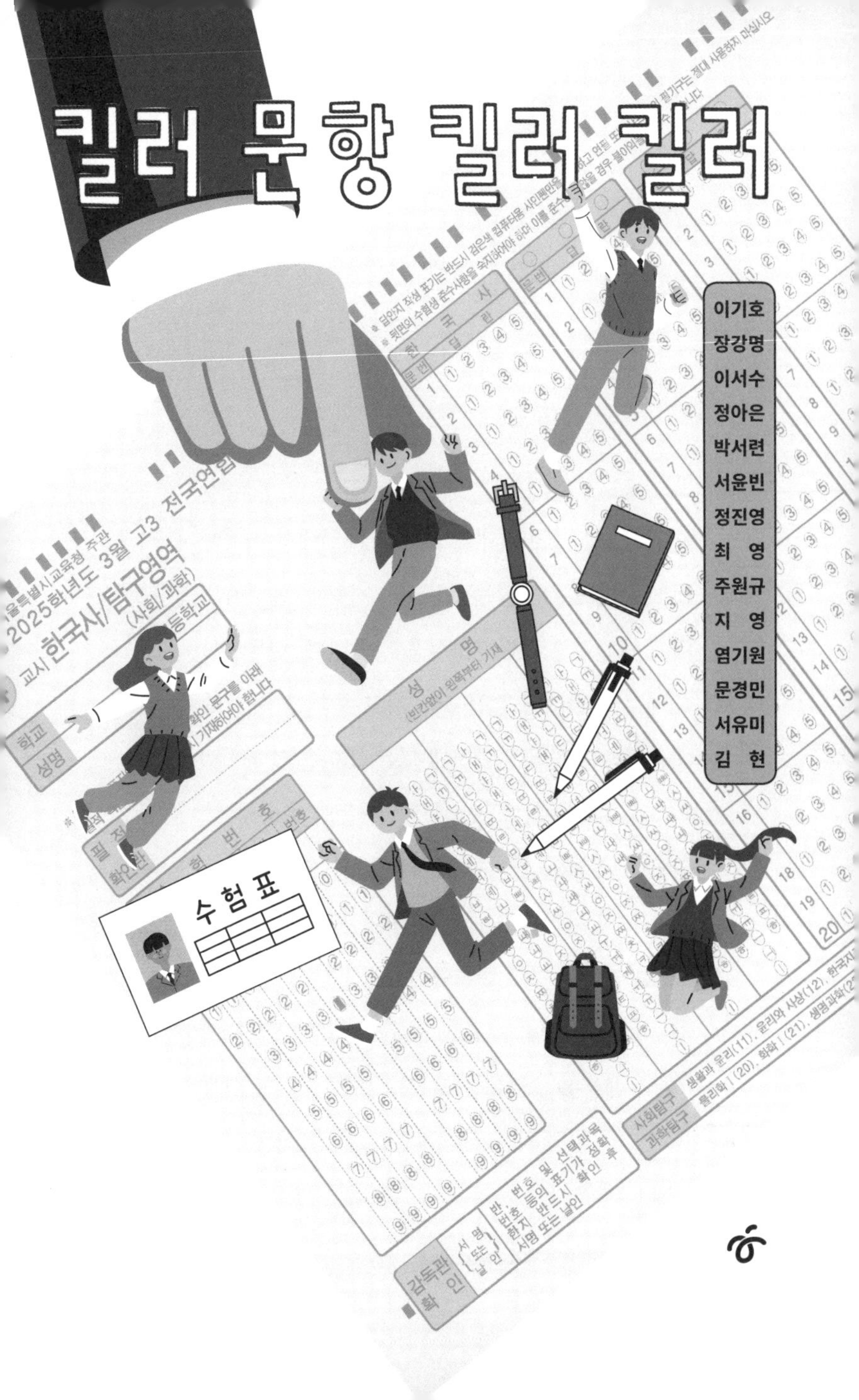

이기호
장강명
이서수
정아은
박서련
서윤빈
정진영
최 영
주원규
지 영
염기원
문경민
서유미
김 현

살아 있는 소설가가 할 수 있는 일

이 책은 한 지인이 내게 보내준 메일에서 시작됐다. 시민 단체 '사교육걱정없는세상(이하 사걱세)'을 후원하던 그는 내게 개인적으로 단편소설을 청탁했다. 한국 교육 문제에 대해 사람들에게 질문을 던지고 주의를 환기할 수 있는 내용이라면 형식은 어떻게 되든 좋다는 조건이었다. 사걱세의 문제의식에는 공감하지만 운동의 방향성에는 아쉬움이 있다. 문제는 간판만 따지는 채용 시장에 있는 것 아닌가. 다행히 사걱세도 교육을 넘어 채용 시장까지 초점을 확대하고 있다는 말도 덧붙였다.

'브랜디드 콘텐츠(branded contents)'라고 해서 사기업의 브랜드나 제품을 홍보하는 목적의 단편소설이나 에세이를 간혹 요청받기는 한다. 하지만 개인으로부터 원고 청탁을 받은 것은 처음이었다. 나는 잠시 고민하다가 다음과 같이 답장했다. 제가 단편소설을 쓰는 게 기대하시는 만큼 영향력이 있을 것 같지 않다, 그보다는 여러 작가가 이 주제로 짧은 소설을 연재하는 게 어떨까, 같은 고료로 몇십 배의 효과를 거둘 수 있을 것이다, 누구나 읽을 수 있도록 신문에 연재하는 게 어떨까, 작가들을 모으는 일은 제가 하겠다, 사격세의 운동 방향에 대해서는 저도 비슷한 비판 의식이 있다.

글을 연재할 매체는 처음부터 〈한겨레〉를 마음에 두고 있었고, 〈한겨레〉 측도 흔쾌히 제안을 받아줬다. 나는 몇 년 전 우리 시대의 먹고사는 문제를 사실적으로 그리자는 뜻을 담아 몇몇 작가님과 '월급사실주의'라는 소설 동인을 만들었다. 그래서 월급사실주의 작가님들께 먼저 연락을 드렸고, 눈여겨보던 SF소설가인 서윤빈 작가님께도 연락했다.

1회 글은 내가 썼다. 대학수학능력시험을 불과 150여 일 앞두고 대통령이 '이권 카르텔' 운운하면서 "공교육에서 다루지 않는 부분의 문제를 수능에서 출제하면 안 된다"라고 말한 즈음이었다. 교육부는 대통령의 말을 받들어 숨 가쁘게 움직였다. 대학 입시 담당 국장을 경질하고, 수능 문제를 출제하는 기관을 감사하기로 하고, 당장 그해 수능부터 '킬러 문항'을 없애겠다고 발표하고.

그 모든 과정이 내 눈에는 어리석고 잔인한 코미디처럼 보였고, 어떤 측면에서는 이게 한국 교육정책의 역사이자 현 주소라는 생각이 들었다. 학부모들의 혼란과 사교육 시장의 대응, 그걸 감당해야 할 소년 소녀들을 생각하다 보니 자연스럽게 어느 아침 풍경이 떠올랐고 그걸 글로 옮겼다. 그렇게 〈킬러 문항 킬러 킬러〉라는 짧은 소설을 〈한겨레〉에 실었다.

신문 연재 이후 김현, 문경민, 박서련, 이기호, 이서수 작가님의 글을 더해 모두 열네 명의 소설가가 참여하는 앤솔러지를 내게 됐다. 함께해주신 모든 작가님, 그리고 윤우람 님, 〈한겨레〉의 이순혁 기자님, 한겨레출판의 최해경 팀장님, 박선우 편집자님께 깊이 감사드린다.

*

　〈한겨레〉 연재를 준비할 때 조율 과정이 쉽지 않았다. 참여하는 작가님마다 교육 문제에 대한 철학이 제각각이었기 때문에 연재 제목을 어떻게 해야 할지, 독자님들에게 무엇을 요청해야 할지 정하는 일도 조심스러웠다. 한국의 교육 현실이 슬프고 괴롭고 기괴하다는 사실에 반대하는 작가님은 없었다. 그런데 그 원인은 무엇인가에 대한 진단은 모두 달랐다. 우리가 무엇을 해야 하나, 어디로 가야 하나에 대한 답도 당연히 다를 수밖에 없었다.

　입시 제도가 문제일까? 순위를 매기는 시험이 문제일까? 주입식, 암기식 교육이나 성적만 따지는 교과과정이 문제일까? 학벌을 따지는 문화 때문일까? 학교 선생님들이 게을러서일까? 사교육 업체들의 불안 조성 전략 때문일까? 부모들의 잘못된 욕망 때문일까? 교육의 목적과 출세를 동일시하는 오랜 유교적 풍토 때문일까? 대한민국에 천연자원이 부족해서 '인적자원'에 기댈 수밖에 없는 탓일까? 그에 대해 일관된 목소리를 낼 수는 없었고, 그러려는 게 우리의 목표도 아니었다.

몇십 년 뒤에 이 문제를 바라볼 후대의 눈에는 정답이 선명하게 보일까? 그럴지도 모르겠다. 그런데 나는 저 혼란스러운 질문들을 마주하는 것, 마주할 수 있다는 것이 당대를 다루는 작가의 의무이자 특권이라고 생각한다. 모든 살아 있는 작가에게는 다른 이들과 함께 사는 그의 시대가 있고, 그는 다른 이들과 함께 그 시대의 모순과 부조리를 겪게 된다. 바로 그 모순과 부조리에 대해 쓸 때 그의 글에서 단순한 생생함 이상의 어떤 불꽃이 튀는 것 같다. 1920년대에 바이마르공화국과 조선 땅에서 나치와 일본 군국주의에 대해 쓰는 것과 2020년에 같은 장소에서 같은 주제에 대해 쓰는 일은 완전히 다르다. 비교할 수 없다(비록 짧은 소설이라 할지라도).

그리고 작가가 그 불꽃을 손에 쥐었을 때, 글은 가끔 그 시대를 뛰어넘기도 한다. 대영제국이 사라졌고 식민지 시대도 끝났지만, 조지 오웰이 제국 경찰로 일하며 느끼고 기록한 제국주의에 대한 환멸은 생생히 남아 있다. 오웰은 자기 시대의 모순과 부조리를 곱씹다 인간성을 억압하는 체제에 대한 보편적인 통찰에 이르렀다. 그렇다고 오웰이 제국주의를 극복할 새로운 사상이나 액션 플랜을 발표한 것은 아니었다. 오웰은 제국주의를 괴로워했고, 그의 괴로움은 문장에 담겼다. 2020년대 작가는 1920년대 제국 경찰이 본 것과 느낀 것을 생생히 상상하기 어렵다. 하지만 인간성을 억압하는 체제는 2020년대에도 있다. 2020년대 작가는 그에 대해 괴로워해야 하지 않을까.

짧은 소설을 모은 책의 서두가 지나치게 비장해졌다. '저희의 목표는 독자님들이 무언가를 보게 하는 것이었습니다' 정도로 정리해본다. 그 '무언가'가 뭐냐, 하고 물으신다면 아주 정확하게 꼬집어서 답하기는 어렵다. 학생뿐 아니라 학부모, 선생님들의 인간성을 억압하고 있는, 비인간적인 무언가다. 수십 년 동안 보아왔던 것 아니냐, 하고 또 물으신다면 2020년대의 모습은 또 다르다고 대답하고 싶다. '저희가 본 것을 같이 봐주시고, 함께 괴로워해주십시오'라고 말씀드리고 싶다.

2024년 가을, 장강명

차례

학교를 사랑합니다: 자퇴 전날

이기호

1999년 〈현대문학〉 신인추천을 통해 작품 활동을 시작했다. 장편소설 《사과는 잘해요》《차남들의 세계사》, 중편소설 《목양면 방화 사건 전말기》, 소설집 《최순덕 성령충만기》《갈팡질팡하다가 내 이럴 줄 알았지》《김 박사는 누구인가?》《누구에게나 친절한 교회 오빠 강민호》등이 있다. 동인문학상, 이효석문학상, 김승옥문학상, 한국일보문학상, 황순원문학상 등을 수상했다.

1

일이 이런 식으로 흘러가게 될지 정말 예상치 못했다.

아니, 자퇴라는데…… 이거 너무 간단한 거 아닌가?

이게 무슨 쿠팡 주문 취소도 아니고…….

물론 내 잘못도 있었다.

아빠가 처음 자퇴 이야기를 꺼냈을 때, 무신경하게 흘려들은 것이 내 첫 번째 잘못이었다. 그럴 만한 사정이 있었다.

2학년 1학기 기말고사를 막 마쳤을 때였다. 그 말인즉슨 이제 보름만 지나면 여름방학이라는 뜻이었다. 여름방학이 되면 친구들과 적어놓았던 위시 리스트를 하나하나 격파해나가기로 예정되어 있었는데(별건 아니고, 대전에 가서 성심당 빵을 사 먹고 돌아오기, 고척스카이돔에 가서 프로야구 관람하기, 연극영화과 진학 준비하는 친구의 단편영화 출연하기 등등), 그래서 마음이 조금 풀어진 상태였다.

우리 학교는 경기도 신도시 외곽에 있는 일반고였는데, '갓반고'도 아니고, 역사나 전통 따위는 저 먼 이탈리아에 사는 돈 조바니(분명 그런 이름의 이탈리아 '고딩'이 있을 것이다) 같은 친구들의 일이라고 생각하는, 재학생 300명 정도의 작은 공립학교이다. 4년 전쯤이었나, 전교 1등 하던 선배가 SKY 대학교에 진학한 이후, 단 한 명도 같은 레벨의 대학교에 입학하지 못한 전적을 가진 학교(전교 1등 하면 서울 중위권 대학교에 진학한다고 들었는데, 그마저도 수능 최저를 맞추지 못해 떨어지는 경우가 다반사라고 한다), 대부분 같은 초등학교 중학교 출신들이 고스란히 진학해 또다시 얼굴 맞대고 공부할 수밖에 없는 남녀공학 고등학교이기도 하다(중학교 때 공부를 좀 잘했던 친구들은 대부분 외고나 자사고로 빠져나갔다). 그런 까닭인지, 학교 분위기는 솔직히 좀 미쳤다. 서로 패를 나누고, 누군가를 왕따시키고 하는 것도 철없는 중학교 때 일이지, 장장 10년 가까운 세월을 같은 교실에 앉아 공부하다 보니 이건 그냥 같은 몸에 달린 왼팔이나 오른팔, 쇄골이나 늑골 같은 사이가 되어버리고 말았다(연애하다가 깨진 애들끼리 서먹해진 경우도 있지만 더 많은 경우 오우, 그냥 아메리칸 스타일로 아무 일 없이 잘 지낸다). 노는 일에 대부분 진심이었고, 고만고만한 아파트 평수와 고만고만한 형편 속에서 자라난 아이들. 그렇다고 공부에 열심인 친구들이 아예 없는 것은 아니었다. 반에서 1등부터 5등까지인 친구들(대략 그 친구들까지 내신 3등급 초반이 된다)은 나름 치열하게 경쟁하고, 또 노력한다(하지만 놀 땐 그 친구들도 열심히 함께한다). 나? 나는…… 친구들을 두루두루 사랑한 결과 고1 때부터 변치 않고 5등급 중반을 유지하고 있다. 가끔씩 수능을 볼 일과 대학 진학 문제 때문에 고민이 되기도 하지만(그때마다 스케줄러에 새로 일일 공부 계획을 작성해보기도 했지만, 사흘을 넘겨본 적은 없었다), 아이 몰라, 나만 이런 것도 아닌데, 뭐.

학교를 사랑합니다: 자퇴 전날

인생 2회전은 학교 밖에서 일어날 수도 있을 테니까.

한데, 정말 그런 일이 일어나버린 것이다. 그것도 너무 빨리…….

아빠는 소파에 앉아 전에 없이 논리적으로 말을 꺼냈다.

"생각해봐. 네가 지금부터 정신 차리고 최대한 내신 성적을 끌어올린다고 해도 4등급 초반까지 가는 것도 불가능하잖아."

엄마도 아빠 옆에 자리 잡았다. 아니, 이 두 분이 오늘 왜 이러지? 함께 〈유니브클래스〉 같은 안 좋은 유튜브 프로그램을 보셨나? 성적을 갖고 대입 상담을 하는 그 프로그램엔 4등급대 학생들은 나오지 않았다. 4등급이면…… 수도권에서 갈 만한 대학은 거의 없다는 뜻이었다.

"이번 기말고사는 어땠니?"

나는 그 질문에도 침묵을 지켰다. 어떻긴요? 저는 두 분이 생각하시는 것보다 훨씬 더 한결같은 친구예요…….

"그래서 하는 말인데."

아빠는 두툼한 카탈로그 하나를 소파 테이블 위로 내밀었다. 한 검정고시 학원에서 제작한 홍보 책자였다.

"거기 보면 알겠지만 검정고시 만점 받으면 내신 2등급으로 인정해준대. 그래서 그 성적으로 대학 가는 애들도 많고."

카탈로그 첫 페이지에는 웬 자연인처럼 생긴 아저씨가 학원 정원 소나무에 물을 주는 사진이 실려 있었다. 그 아저씨가 원장이라는 소개 글이 적혀 있었다. 검정고시 및 재수 기숙학원 원장. 공기 좋은 산 아래에서 오직 공부에만 집중할 수 있는 분위기. 유기농으로 제공되는 하루 세 끼 식사. 아침 점호 후 이어지는 체력 단련까지…… 뭐야, 군대야?

아빠는 그게 사실상 나에게 주어진 마지막 기회라고 말했다. 지금 자퇴를 하고, 검정고시를 보고, 검정고시 만점을 못 받으면 다시 정시로 가는 일정.

"아빠가 큰마음 먹은 거야. 여기 학원비가……."

엄마의 말에 따르면 학원비가 한 달에 400만 원 가까이 든다고 했다. 먹고 자고 관리하는 비용까지 모두 합쳐서.

"아빠는 네가 지금 자퇴했으면 좋겠어. 그게 현명한 일이야."

아빠는 서울 외곽에 있는 한 아파트 관리사무소의 시설과장으로 일하고 있었다. 내가 알고 있기로 아빠의 한 달 월급은 400만 원이 채 되지 않았다. 엄마도 사거리 근처 파리바게뜨에서 아르바이트를 하고 있긴 하지만, 그 돈은 우리 집 관리비와 보험료를 내고 나면 끝이라고 들었다. 말하자면 아빠와 엄마는 내 입시 때문에 빚을 지기로 결정했다는 뜻.

"생각해볼게요."

나는 잔뜩 풀 죽은 목소리로 대답했다. 거기에서 밝은 목소리로 대답하면…… 그건 정말 이상한 놈이니까…… 그쯤은 나도 잘 알고 있었다. 내 잘못으로 아빠 엄마가 몇천만 원의 벌금을 내게 된 상황. 나는 주눅이 들 수밖에 없었다.

2

다음 날, 학교 점심시간 때 나는 무심한 듯 친구들에게 말했다.

"나 자퇴할지도 몰라."

그러자 모두의 시선이 내게 쏠렸다. 그러니까 그게 바로 내 두 번째 잘못이었다.

지금도 이해할 수 없는 게…… 아니, 무슨 '관종'도 아니고 친구들한테 그런 말을 섣불리, 아무렇지도 않게 내뱉었는지…… 그때의 나 자신을 도통 납득할 수가 없다(그러니까 그건 정말 관종으로밖에 설명이 안 된다).

"와 씨, 그러면 안 되지! 그럼 난 이제 누굴 놀리면서 살라고."

"왜 그래 갑자기? 뭐 불치병이라도 걸린 거야?"

"난 왜 부럽지. 뭐야, 아침에 안 일어나도 되는 거잖아!"

친구들은 저마다 한마디씩 말을 보탰다. 그런 친구들의 반응을 보는 게…… 솔직히 좀 즐거웠고, 또 한편 우쭐

한 마음마저 들었다. 그래서 나는 계속 진지한 표정을 짓고 있을 수밖에 없었다. 아쉬워하는 인사, 말리는 친구들의 DM이 쌓일수록 나는 점점 더 감상적인 기분에 빠져들고 말았다. 어, 뭐지? 나 제법 인기가 있었네…….

문제는…… 우리 학교가 너무 작은 학교이다 보니 소문이 삽시간에 전교생과 선생님들의 귀에까지 퍼져나갔다는 것이다.

종례 시간 전, 담임선생님이 나를 따로 상담실로 불렀다.

"어떻게 된 거야? 자퇴를 한다니?"

나는 담임선생님 앞에서도 진지한 태도를 보이려고 노력했다. 부모님의 의사를 전했고, 나 또한 고민 중이라는 말을 덧붙였다. 나는 아무래도 담임선생님은 대번에 말리고 볼 것이라고 예상했다. 절대 안 된다고, 학교는 대입을 위해서만 존재하는 곳이 아니라고, 크게 화를 내실 것이라고 생각했다.

하지만 담임선생님은 의외의 반응을 보이고 말았다.

"그래, 그것도 좋은 방법이지."

으응……?

"그래도 상우가 아무 생각 없이 사는 것처럼 보였는데, 기특하네. 그런 결정도 다 하고."

나는 멀거니 담임선생님의 얼굴만 바라보았다. 아니요, 선생님…… 저기 그런 게 아니고…….

"선생님이 부모님하고 통화해볼게. 다른 거 말고 너는 너 자신만 생각해."

상담은 그렇게 끝이 나고 말았다.

그다음 날부턴 모든 게 순식간에 진행되기 시작했다.

점심시간을 이용해 학교 상담실에 들른 엄마는 자퇴 서류에 서명을 했고, 다시 그 서류를 내 앞으로 내밀었다. 그 서류엔 학생 본인의 서명도 필요했다.

"아니, 엄마. 뭐가 이렇게 급해? 이제 곧 방학인데, 방학도 좀 지나고……."

나는 내심 자퇴를 하더라도 2학기는 계속 다닌 후, 그후에 할 마음을 먹고 있었다. 2학기에는…… 수학여행을 갈 예정이었다.

하지만 엄마는 단호했다.

"그건 네가 몰라서 그래."

엄마는 무조건 7월 안에 자퇴를 마무리 지어야 한다고 말했다. 그래야 내년 초 검정고시에 응시할 자격이 주어진다는 것(알고 보니 자퇴 후 6개월이 지난 다음부터 검정고시를 볼 수 있는 자격이 생긴다고 한다). 8월에 자퇴를 하면 자칫 내년 대입 수시는 원서도 내볼 수 없는 상황에 놓인다는 것이다.

"빨리 사인해. 엄마 또 들어가봐야 해."

나는 망설였다. 수학여행을 가야 하는데…… 거기에서 친구들과 몰래 술을 마시기로 약속했는데…… 친구들은 상담실 밖 유리창을 통해 힐끔힐끔 엄마와 나를 바라보았다. 가지 말라는 DM, 그래도 우리 사이는 변치 않을 거라는 DM, 너 자퇴하는 날 우리가 거하게 파티를 열어줄 거라는 DM…… 나는 그 DM들을 떠올리다가 결국 자퇴 서류에 서명을 하고 말았다. 그러자 기다렸다는 듯 수업 시작종이 울렸다.

3

그래도 아직 기회는 있다.

나는 그렇게 생각했다. 그건 바로…….

학업중단숙려제.

자퇴 의사를 밝힌 학생들에게 마지막으로 외부 상담을 통해 학교 복귀를 권장하는 제도. 최소 1주에서부터 7주까지 운영되며 그 기간 동안 출석도 인정된다고, 나는 검색으로 알게 되었다.

그러니까 그 상담을 거쳐 못 이기는 척 다시 학교로 복귀한다면 친구들이나 선생님에게도 쪽팔리는 일은 없을 거라고, 그렇게 예상했다.

하지만…….

그 또한 내 예상과는 전혀 다른 방향으로 흘러가고 말았다.

학교를 사랑합니다: 자퇴 전날

방학을 나흘 앞둔 월요일, 담임선생님이 내게 따로 말했다.

"상우는 내일까지 교육청에서 지급한 아이패드 반납하고, 그거 반납하면 이제 학교 안 나와도 돼."

나는 예의 진지한 목소리로 물었다.

"그러면 그때부터 학업중단숙려제에 들어가는 건가요?"

담임선생님은 그런 나를 멀뚱한 표정으로 바라보았다.

"학업중단숙려제? 아니, 그건 생략했는데? 교장 선생님 결재도 다 끝났고."

"네? 아니, 그게…… 그게 왜 생략이 돼요?"

"자퇴 서류에 다 나와 있었잖아? 거기에 생략이라고 체크되어 있던데?"

아아아아아.

나는 울고 싶어졌다. 아니, 그런 중요한 문구를 왜 미리 설명해주지 않느냔 말이다(나는 당연히 개인 정보 활용 동의 같은 것인 줄 알고 다 체크했는데……). 학교가, 학교가, 왜 이렇게 쉽게 학생을, 밖으로 내쫓는단 말인가. 학생을 소중히 여겨야지…….

　담임선생님은 그런 나를 내버려둔 채 다시 교무실 쪽으로 걸어갔다. 나는 그런 담임선생님의 뒷모습을 바라보다가…… 나도 모르게 그쪽으로 뛰어가기 시작했다.

　그게 나의 마지막 기회라고 생각했다.

　순식간에 담임선생님의 팔을 부여잡은 나는…… 거의 울먹거리는 목소리로 이렇게 말하고 말았다.

　"선생님…… 저는 학교를 사랑해요……."

킬러 문항 킬러 킬러

장강명

장강명

2011년 장편소설 《표백》으로 한겨레문학상을 받으며 작품 활동을 시작했다. 장편소설 《열광금지, 에바로드》《호모도미난스》《한국이 싫어서》《그믐, 또는 당신이 세계를 기억하는 방식》《댓글부대》《우리의 소원은 전쟁》《재수사》(전 2권), 연작소설 《뤼미에르 피플》《산 자들》, 소설집 《당신이 보고 싶어하는 세상》, 산문집 《5년 만에 신혼여행》《책, 이게 뭐라고》《책 한번 써봅시다》《아무튼, 현수동》《소설가라는 이상한 직업》《미세 좌절의 시대》 등이 있다. 수림문학상, 제주4·3평화문학상, 문학동네작가상, 오늘의작가상, 심훈문학대상, 젊은작가상, 이상문학상, SF어워드 장편소설 부문을 수상했다. 아내 김새섬 대표와 온라인 독서모임 플랫폼 그믐(www.gmeum.com)을 운영한다.

"15분 정도는 여유가 있겠구나. 아빠랑 토론 한번 해볼래?"

아버지가 빙긋 웃으며 말했다. 중저음인 목소리는 차분했고 입가에 미소도 띠고 있었다. 호통을 치던 조금 전까지의 모습은 순식간에 사라지고 없었다. 아버지가 소속 대학에서 최고의 인기 교수로 꼽히는 데에는 그러한 자기 연출 덕도 있을 터였다. 소년은 새삼 아버지가 무섭다는 생각을 했다.

하지만 소년은 상대가 퍽 긴장해 있다는 사실 역시 명민하게 알아챘다. '아빠'라는 단어를 쓰는 게 그 증거였다. 아버지는 자신을 3인칭으로 부르는 인물이 아니었다. 소년은 이 순간 힘의 대결에서 아버지가 자신보다 우위에 있지 않음을 깨달았다. 오늘은 수능 시험일이었고, 시험을 치르는 사람은 아버지가 아니라 소년이었다. 조금 있으면 고사장으로 가야 한다. 그 사실이 결정적으로 소년에게 유리했다.

"이 약이 우황청심원과 다를 게 있을까? 아빠도 대입 시험 보는 날에 우황청심원을 먹고 갔단다. 하지만 그게 옳지 않다고 얘기하는 사람은 아무도 없었어."

아버지가 말했다. 식탁 위에는 주황색 연질 캡슐이 한 알 놓여 있었다. 메틸페니데이트의 단점을 극복했다는 차세대 집중력 강화제. 미군이 특수부대원이나 저격수들에게 작전 직전에 지급한다는 약. 그리고 한국에서는 수능일 아침에 먹는 용도로 한 알에 수백만 원에 거래된다는 약. 아니, 그 돈을 주고도 구할 수 없다고 하는 약.

소년은 "우황청심원은 정부가 복용하지 말라고 한 적이 없었어요. 이 알약은 정부가 복용하지 말라고 한 거예요"라고 받아쳤다.

다섯 달 전 대통령이 갑자기 수능 문제를 비판했다. 교육부 장관은 "대통령께 진짜 많이 배운다"라고 했다. 교육 현장에서는 일대 혼란이 벌어졌다. 학원장과 상담실장들은 올해 수능에서는 이른바 '킬러 문항'이 나오지 않을 테니 거기에 맞춰 공부 전략을 다시 짜야 한다며 학부모들을 꾀었다.

입시 컨설턴트들은 킬러 문항을 죽인 존재라는 의미로 정부를 '킬러 문항 킬러'라고 불렀다. 그러면서 자신들은 바로 그런 정부를 죽이는 존재라며 '킬러 문항 킬러 킬러'라고 소개했다. 사교육 시장을 이길 수 있는 정부는 없다고 했다. 소년은 대통령 지시 전까지 어려운 문제들을 끝까지 물고 늘어지는 법을 배웠다. 대통령 지시 이후 소년은 다섯 달 동안 덜 어려운 문제들을 빠른 시간 내에 많이 푸는 법을 훈련했다. 소년의 친구들도 그렇게 훈련했다. 학원에서는 어려운 문제가 나오지 않을 테니 깊게 고민하지 말고 문제 풀이 기계가 되라고 했다. 실수를 덜 저지르는 것이 올해 수능의 성공 전략이라고 했다.

그리고 어느 날 차세대 집중력 강화제에 대한 소문이 나돌기 시작했다. 올해 시험의 성패는 실수를 하지 않는데 달려 있는데, 그 약을 먹으면 실수를 하지 않는다는 논리였다. 대치동에선 그 약을 구하지 못한 부모는 친부모가 아니라는 농담이 돌았다. 약을 입수했다는 루머가 있는 학원 상담실을 찾아가 생떼를 부리다 쫓겨난 학부모도 있었다. 연줄을 동원해 약을 처방 받는다 해도 한국에서 파는 약은 약효가 세 시간밖에 되지 않으므로 열두 시간 동안 효과를 발휘하는 미제 서방정을 구해야 한다는 얘기도 있었다. 미제 서방정은 주황색 연질 캡슐 안에 들어 있다고 했다. 교육 당국은 이 약물을 사용하는 것이 적발되면 부정행위로 간주하겠다고 엄포를 놓았다. 처방전을 전수조사할 거라고도 했다.

"일종의 저항권 행사라고 봐야지. 대학수학능력시험은 말 그대로 대학에서 학문을 연구할 수 있는 능력이 얼마나 되는지를 가늠하는 시험이잖니. 그렇다면 학생들이 얼마나 논리적으로 사고할 수 있느냐를 봐야 하는데, 이 나라가 올해는 그걸 학생이 얼마나 성격이 꼼꼼한지, 담이 큰지로 평가하겠다는 거야. 이게 말이 되니? 아빠는 학생들의 실력을 제대로 보지 않겠다는 올해 시험 방향이 문제라고 생각해. 이 약을 먹는 건 최소한의 방어 수단이고."

아버지가 말했다. 치과 의사인 어머니는 초조한 눈빛으로 남편과 소년을 번갈아 보고 있었다. 어머니는 아버지만큼 자기 연출에 능하지 못했다. 표정이 절박해 보였다.

"경기 규칙이 잘못됐다고 반칙을 저질러도 되는 건 아니잖아요. 부조리한 시험이라도 부조리한 대로 다른 수험생들과 동등하게 치르겠어요."

"순진한 생각인 거 같은데? 네가 정말 다른 수험생들과 동등하게 시험을 치를 수 있다고 믿니? 여태까지 네가 누린 혜택들을 떠올려보렴. 너처럼 해마다 미국으로 영어 캠프를 다녀올 수 있었던 학생이 네 또래 중에 몇이나 될 거 같니? 공정한 경기라는 건 애초에 존재한 적이 없어. 오늘 고사장에 들어가는 수십만 명 중에는 너처럼 과외식 특강을 받으며 준비한 아이도 있고, 학원비가 없어서 학교 수업만 받아야 했던 아이도 있어. 그리고 지금 진짜 네 경쟁자라고 할 만한 애들은 이 약을 다 먹었을 게다."

어머니는 "당신은 애가 잘못한 게 뭐가 있다고 그런 말을 해?" 하며 아버지를 타박했다. 그리고 아버지와는 사뭇 다른 각도로 소년을 설득하기 시작했다.

"아들, 엄마 아빠가 너처럼 반듯하지 못해서 미안하다. 그런데 자식이 위험해지는 걸 보느니 자기가 다치겠다고 나서는 게 부모 마음이란다. 미안한 말이지만 네가 긴장하면 덤벙대는 편이잖니. 엄마는 아들이 그저 제 실력을 발휘하는 약을 준비한 게 그렇게 잘못이라는 생각은 안 한다. 문제지를 빼돌린 것도 아니고 커닝 페이퍼를 준비한 것도 아니야. 공황장애가 있는 수험생은 오늘 신경안정제를 먹을 테고, 우울증이 있는 아이는 항우울제를 복용하겠지. 그게 왜 잘못이니? 그렇게 해서 그 아이들이 제 실력을 발휘하는 게 맞지 않니? 이 약을 구하는 거 쉽지 않았어. 엄마를 봐서 먹어주지 않을래?"

"어머니 아버지는 나중에 이게 들통날까 봐 겁나지 않으세요?"

어이가 없어진 소년이 물었다.

"약은 어머니가 안전한 루트로 구했고 절대 들킬 리 없다. 그리고 정부는 이거 못 잡아. 안 잡아. 대한민국이 자주 그래. 지킬 수 없는 규정을 발표하고 다 같이 뭉개지.

그런 풍토를 이해하고 위선자가 되어야 하는 순간을 잘 파악하는 사람이 사회 지도층 인사가 된다. 규정을 다 지키며 사는 사람은 경쟁에서 점점 밀려나 나중에는 아예 게임에 끼질 못하게 돼."

아버지가 말했다. 소년은 아버지의 논리가 아니라 기세에 말문이 막혔다. 아버지와 어머니는 그사이 번들번들해진 눈으로 소년을 애타게 바라보고 있었다. 이제 일어날 시간이었고, 소년은 손을 뻗어 알약을 입에 넣은 뒤 컵에 담겨 있던 물을 단번에 들이켰다.

꿀꺽꿀꺽 물 삼키는 소리와 함께 천천히 집에 평화가 찾아왔다. "그래, 이해해줘서 고맙다." "사랑한다, 우리 아들." 시험이 인생의 전부가 아니다, 그동안 고생 많았다, 하는 아버지와 어머니의 말을 들으며 소년은 '이 사람들을 미워해서는 안 된다'라고 생각했다.

집을 나서기 전 소년은 마지막으로 소변을 보기 위해 화장실에 갔고, 어금니 옆에 끼워뒀던 약을 그때서야 겨우 뱉었다. 주황색 캡슐이 양변기 구멍으로 내려가는 걸 확인한 뒤 소년은 거울 속 제 모습을 보았다. 자기 눈이 아버

지, 어머니의 눈과 같은 모양으로 번들거리는지 알고 싶었
다. 아버지와 어머니가 정부를 속이고 자신은 아버지와 어
머니를 속이는 기만의 연쇄에 대해 소년은 잠시 생각했다.
이 기만의 시작은 어디인가. 나는 이 기만에서 벗어날 수
있을까. '킬러 문항 킬러 킬러 킬러'가 된 소년은 속으로
중얼거렸다.

구슬에 비치는

이서수

■ 답안지 작성 표기는 반드시 검은색 컴퓨터용 사인펜만을 사용하고 반드시 표기는 답에 사용하여 하십시오.
■ 뒷면의 수험생 준수사항을 읽어보세요. 답안 이를 준수하지 않을 경우 불이익을 받을 수 있습니다.

3월 고3 전국연합학력평가 답안지

/탐구영역
(사회/과학)
고등학교

한 국 사
문번	답 란
1	① ② ③ ④ ⑤
2	① ② ③ ④ ⑤

이서수

2014년 〈동아일보〉 신춘문예를 통해 작품 활동을 시작했다. 장편소설 《당신의 4분 33초》《헬프 미 시스터》《마은의 가게》, 중편소설 《몸과 여자들》, 소설집 《엄마를 절에 버리러》《젊은 근희의 행진》 등이 있다. 황산벌청년문학상, 이효석문학상, 젊은작가상을 수상했다.

"네트 쌤이 새로 올린 영상 봤어요?"

수연은 머그잔을 내려놓으며 고개를 저었다. 식물성 고기가 든 햄버거를 베어 무는 서빈과 콘샐러드를 떠먹는 윤지를 의식하면서. 아이들 역시 담임선생님이 유튜브 채널을 운영한다는 걸 알고 있었지만, 윤지 엄마가 어떤 얘기를 할지 짐작할 수 없어 수연은 조심스러웠다.

"……이번엔 뭘 올리셨는데요?"

"학부모 상담에 대한 건데, 정해진 상담 시간을 안 지킨 부모를 욕하더라고요. 얘기를 하다 보면 길어질 수도 있잖아요. 예의 없는 사람으로 취급하는 건 좀 과하지 않아요?"

구슬에 비치는

수연은 윤지 엄마가 얼마 전 학부모 상담을 하고 왔다는 사실을 떠올렸다. 그런 이벤트가 있으면 단골 카페에서 만나 후일담을 나누곤 했는데 이번엔 어째 잠잠하다 싶었더니만 네트 쌤이 운영하는 개인 방송에서 이슈가 생긴 것 같았다. 수연은 언젠가 이런 순간이 오리라 예상하고 있었다. 윤지 엄마뿐 아니라 다른 엄마들도 아이의 담임이 방송에서 어떤 말을 할지 몹시 궁금해하며 방송이 업로드되길 기다렸다. 수연 역시 서너 번 정도 방송을 본 적이 있었지만 불편한 마음이 끼어들어 그 뒤론 시청하지 않았다. 네트 쌤이 학교에서 일어나는 다양한 일, 특히 반 아이들과 학부모에 관한 일화를 말할 때마다 요긴한 정보를 얻는 기분이 들기보다는 서빈에 대한 우스꽝스러운 일화가 공개되는 건 아닐지 자못 불안했다.

수연도 지난주에 상담을 하고 왔다. 서빈은 친구와의 관계가 원만한 편이고 학습 태도도 좋아서 특별히 문제될 건 없다는 말을 들었지만 수연의 생각은 조금 달랐다. 열두 살 아이가 환경 문제에 그토록 깊은 관심을 갖는 게 특별하지 않은가. "기후정의행진에 데려가달라고 조르더라고요." 아이의 영특함을 자랑하는 말처럼 들릴 수 있다는 걸 알면서도, 아니 잘 알았기에 굳이 그 말을 꺼냈다. 선행 학습을 하는 다른 아이들을 볼 때면 공부는 뒷전이고 투명 페트병을 모아 지역 화폐로 바꾸는 일에 열중하는 서빈이 걱정되지 않을 수가 없다고 덧붙이면서.

네트 쌤은 방송과 달리 부드러운 이미지였다. 방송에 선 원칙을 중시하는 엄한 선생처럼 느껴졌지만, 그날은 서빈을 칭찬해서 그랬는지 몰라도 상당히 괜찮은 사람으로 보였다. "어머니, 서빈이를 적극 지지해주세요. 서빈이 같은 아이가 어른이 되면 지금보다 훨씬 더 살 만한 세상이 되지 않겠어요?" 수연은 이 사회를 그다지 좋아하지 않는 것 같은 네트 쌤에게 동질감을 느꼈다. 정해진 시간을 넘겨 계속 대화를 나누었지만 통하는 점이 많다고만 생각했을 뿐 시간 초과를 불평할 줄은 예상하지 못했다. 역시 방송을 보지 않아 마음 편하게 넘어간 일이 많겠구나. 알고 싶지 않은 네트 쌤의 솔직한 마음을 알려준 윤지 엄마를 괜히 탓하게 되었다.

"우린 한 명만 만나면 되지만 네트 쌤은 스무 명 남짓

구슬에 비치는

한 엄마를 일일이 상대해야 하잖아요. 피곤할 수밖에 없겠죠."

윤지 엄마가 입술을 비죽거리며 말했다. "네트 쌤이라는 방송 이름도 맘에 안 들어요. 거미줄을 쳐놓고 뭐든 다 포착하겠다는 뜻 아니에요? 감시하고 장악한다는 의미 같잖아요."

"그게 아니라 불교의 '인드라망'에서 가져온 단어라고 하던데요. 인드라의 그물이라는 건데, 그물코마다 구슬이 달려 있어서 서로가 서로를 비춘대요. 세상일은 다 연결되어 있다는 의미 같아요."

"어머, 네트 쌤 불교 신자였어요? 상담하다가 교회 얘기도 했는데 어쩌지."

윤지 엄마의 미간에 깊은 주름이 파였다. 수연은 무의식중에 검지로 자신의 미간을 문질렀다. 아이의 담임에게 좋은 평가를 받고 싶으면서도 애써 꼬투리를 잡아 미워하는 애증의 마음이라니. 이런 관계는 너무 피곤하지 않은가. 피차 바라는 것이 많은 듯 보여도 실은 한 사람의 애정과 미움이 지나쳐 생긴 일일 것이다. 네트 쌤 역시 그걸 알기에 개인 방송을 진행하며 학부모와 진솔하게 소통하고, 진상 학부모를 개화하고, 나아가 자신의 방패를 만들어두려는 것 같았다. 적지 않은 구독자 수를 떠올려보면 억울한 일을 겪었을 때 진실을 호소할 수 있는 장으로 기능할 수도 있겠다는 생각이 들었다.

햄버거를 먹느라 내내 잠잠했던 윤지가 제 엄마를 돌아보며 물었다. "엄마, 나 서빈이랑 수학 학원 같이 다니면 안 돼?" 윤지 엄마가 멋쩍은 듯이 웃었다. 윤지가 제 엄마에게 말하는 척하며 수연에게 묻고 있다는 걸 어른들은 알았다. "미안해, 윤지야. 서빈이는 영어 학원 하나만 다닐 거래." 수연의 대답은 서빈의 마음을 대신 드러내준 것이기도 했다.

윤지는 수학 영재였다. 수연은 윤지가 말한 수학 학원이 엄마들 사이에 소문으로 떠도는 그곳일 거라 짐작했다. 수연의 생각을 알아챘는지 윤지 엄마가 긴 변명을 늘어놓았다. "아이가 잘될 가능성을 충분히 갖고 있는데 엄마가 뒷받침을 못 해줘서 그걸 망친다면 끔찍하잖아요. 내 능력이 부족해서 아이가 잘못될지도 모른다고 생각하면 자다

구슬에 비치는

가도 벌떡 일어나게 돼요. 살아오면서 이만큼 무거운 책임을 짊어진 건 처음이에요."

수연이 아무런 대꾸도 하지 않자 윤지 엄마가 자리를 정리하며 연이어 말했다. "여하튼 그 방송 때문에 조만간 문제가 생길걸요. 엄마들이 눈에 불을 켜고 보는데 언제까지 그렇게 편하게 떠들 수 있겠어요?"

"글쎄요. 그건 개인의 자유잖아요."

윤지 엄마는 결코 그렇지 않다는 듯 입술을 앙다물며 고개를 저었다.

몇 주 뒤, 윤지 엄마가 단체 채팅방에 수연을 초대했다. 서빈에게 간식을 사 먹이고 영어 학원 앞에 데려다준 참이었다. 학원으로 들어가려던 서빈이 발걸음을 돌려 수연에게 다시 오더니 알쏭달쏭한 말을 남겼다. "엄마, 윤지가 담임 쌤한테 고민 상담을 했는데 쌤이 울었대." 그러고는 몸을 휙 돌려 다시 학원으로 뛰어 들어갔다. 무슨 고민이더냐고 물을 새도 없었다. 윤지 엄마의 초대를 받고 나서 수연은 서빈이 했던 말이 자연스레 떠올랐다.

단체 채팅방에선 의대 준비반 얘기가 나오고 있었다. 예상했던 대로 윤지가 다니는 학원도 그런 곳이었다. 윤지 엄마는 학원의 레벨 테스트가 얼마나 어려웠는지에 대해 말하기 시작했다. 높은 성적으로 테스트에 합격한 윤지가 얼마나 기뻐했는지도. 연이어 꿈을 이루기 위한 아이의 치열한 노력을 무참히 깎아내린 네트 쌤에 대한 비방이 터져 나왔다. 그때부터 수연의 심장은 빠르게 뛰기 시작했다. 나를 왜 이 방에 초대한 걸까. 윤지와 서빈이 친하고, 엄마들끼리도 친하기 때문이겠지만, 두 아이가 갈 길은 달라도 아주 달랐다.

4학년이 되면 학원에서 중등 교과과정을 배우기 시작한다는 걸 수연도 알고 있었다. 그러나 의대 준비반에 대한 이야기는 듣기에 거북스러운 면이 있었다. 선행 학습도 정도가 있지. 그동안 수연은 사교육에 관해선 윤지 엄마와 거리를 두려고 했지만 잘되지가 않았다. 같은 아파트 단지에 사는 게 가장 큰 걸림돌이었다. 그 단지에 꽤 저렴한 가격으로 나온 전세 매물이 있다는 걸 알려준 사람이 바로 윤지 엄마였다. "요즘 아이들은 어디에 사는지, 자가인지

구슬에 비치는

전월세인지를 기준으로 편 가르는 거 알죠? 아이한테 전세라고 말하지 마요. 나중에 크면 부모 마음 다 이해할 거예요." 그때 수연이 윤지 엄마의 말을 들은 게 잘못이었는지도 모른다. 그러나 그 한 번뿐이었다. 이후론 그런 말을 나누지 않았고, 사교육에 별다른 관심이 없다는 걸 알리고 나선 학원 얘기도 길게 한 적이 없었다. 가끔 인라인스케이트나 줄넘기 같은 운동을 초단기로 배우는 과외 모임에 서빈을 보낸 것이 전부였다. 그러나 이제 와 생각해보니 그런 정보를 공유해주고 무리에 끼워주기도 한 것이 모두 빚이었다. 수연은 윤지 엄마와의 친분을 떠올리며 선뜻 단체 채팅방에서 나가지 못했다. 설마 이 방에서 나눈 대화를 증거 자료로 들이밀며 소송전이 벌어질 일은 없겠지. 하지만 그런 상황에 대비해야 한다는 마음으로 손가락을 가볍게 놀리지 말자고 다짐했다.

윤지 엄마가 이건 저격 방송이나 다름없다며 네트 쌤의 최근 방송을 링크로 올렸다. 수연은 호기심을 참지 못하고 링크를 열었다. 경직된 네트 쌤의 얼굴이 보였다. 그가 말했다. "돈을 더 많이 벌 수 있으니까 무조건 의사가 되어야 한다고 말하면 아이들이 어떻게 되겠습니까. 인생은 돈을 많이 버는 것 외엔 아무런 의미가 없구나, 그렇게 생각하지 않을까요? 우리나라가 왜 이렇게 자살률이 높은지 아세요? 뭐든 줄을 세워서 그런 거예요. 가장 돈 많이 버는 직업, 오로지 성공만을 위해 달려가는 인생이 뭐가 그리 즐겁겠습니까. 그리고 대부분은 낙오하기 마련이에요. 모든 아이가 의사가 될 수는 없다고요. 그럼 의사가 되지 못한 아이는 평생 패배감을 느낄 텐데 그렇게 살게 하고 싶으세요? 부모가 그래도 됩니까?" 수연은 네트 쌤의 얼굴이 붉게 상기된 걸 보고서 취기가 오른 것은 아닌지 의심했다. 머리가 헝클어진 것이나 눈의 초점이 살짝 풀린 것도 평소와 달랐다. "아이들이 왜 불행한지 아세요? 다 부모 때문이라고요. 어른들이 이상한 짓을 하니까 아이들이 행복하지 않은 거예요. 그 어린 나이에 죽고 싶다는 생각을 하는 거라고요." 네트 쌤은 말미에 울먹이기까지 했고 결국 눈물을 쏟아내다 코를 풀며 방송을 마무리했다. 수연은 어안이 벙벙했다. 감정적으로 무너지는 모습은 절대로 내보이지 않을 줄 알았는데 의외였다.

구슬에 비치는

윤지 엄마는 윤지가 방송을 보고 울음을 터뜨렸으며 현재 등원을 거부하고 있다고 전했다. 수연은 윤지의 동그란 얼굴을 떠올렸다. 그 귀여운 아이가 울었다고 하니 마음이 좋지 않았다. 하긴 담임이 그런 얘기를 하면서 울었으니 자기도 마음이 아프고 혼란스러웠겠지. 하지만 윤지 엄마가 기대하는 반응은 그게 아니라는 걸 알았기에 수연은 어떤 말을 해야 할지 고심하다 깜빡 잊고 있었던 결심을 다시 떠올렸다. 여기서 나눈 대화가 훗날 화근이 될 수도 있으니 차라리 아무 말도 하지 말자. 말문이 막혔다는 듯이 말줄임표를 남기자. 수연은 즉시 그렇게 했지만 다른 엄마들의 메시지에 말줄임표가 휙휙 밀려났다. 윤지 엄마가 단체 채팅방의 엄마들에게 물었다.

─ 속에서 열불이 나는데 당장 달려가서 따지면 안 될까요?

─ 그랬다간 진상 학부모로 찍혀서 다른 엄마들한테 욕먹을지도 몰라요.

─ 댓글로 반박하는 건요?

─ 잘못하면 무개념 학부모로 신상이 털릴 수도 있어요.

마지막 문장에 정적이 흘렀다. 그건 우리 모두가 두려워하는 일이었다. 무엇보다 그런 일이 생기면 아이들이 피해를 볼 수도 있었다. 다들 비슷한 생각을 했는지 윤지 엄마를 다독이기 시작했다. 괜히 문제를 크게 만들지 말자는 태도를 내보였다. 수연은 그제야 안심했다. 교사와 학부모 모두 살얼음판에 서 있는 시국인 만큼 아이 담임의 유튜브 방송을 보고 격분한 엄마가 되는 건 좋지 않았다.

수연은 휴대전화를 내려놓고 차창을 열었다. 선선한 바람이 차 안으로 불어와 달아오른 두 뺨을 식혀주었다. 룸미러에 걸어놓은 작은 모빌이 흔들렸다. 서빈이 해변에서 주운, 구슬 모양으로 변한 유리 조각이 달린 모빌이었다. 돌고래를 보러 가는 제주도 여행 일정에 정크아트 공예 수업을 추가하면서 수연은 기뻐할 서빈을 떠올렸었다. 그 결과물로 만들어진 모빌을 이제 아이는 까맣게 잊은 것 같았지만, 수연은 모빌을 볼 때마다 뿌듯함을 느꼈다.

단체 채팅방 분위기는 점점 은밀해지고 차분해졌다. 엄마들이 입 모아 의대 준비반은 비밀로 하자고 했다. 누가 그런 곳에 다니는지 드러내서 좋을 게 뭐가 있느냐는

구슬에 비치는

반응이었다. 있는 집 아이라는 사실이 알려지면 사회적 공분이 더 커질 거라고도 했다. 다들 그 말에 수긍하는 분위기였다. 윤지 엄마의 화도 조금씩 가라앉고 있는 듯했다. 뒤늦게 수연은 그들 모두 같은 아파트 단지에 사는 주민이라는 걸 깨달았다. 이들은 전세일까, 자가일까. 윤지 엄마는 그에 대해선 늘 한결같은 말만 했다. "자가예요, 그 집." 수연은 윤지 엄마가 그 말을 할 때마다 시선을 피한다는 걸 알아챘다. 어쩌면 윤지 엄마를 포함해 모두가 자가에 사는 게 아닌지도 모른다. 하지만 서로의 비밀을 감춰준다는 게 중요했다. 바로 그런 유대감으로 이 단체 채팅방에 수연도 초대받은 것이리라.

— 아이들은 아직 학원에 있죠? 언제 단지 앞에서 만나 시원한 맥주 한잔해요.

윤지 엄마의 말에 다들 반기는 이모티콘을 띄웠다. 수연 역시 반응을 보이려다 참았다. 혹시 모른다. 훗날 이 단체 채팅방에서 나눈 대화가 기사화되어 전국에 까발려질지도. 수연은 네트 쌤이 울먹이며 말하는 영상을 떠올렸다. 불현듯 이 모든 게 똑똑한 윤지의 계획이었을지도 모른다는 의심이 밀려왔다. 학원에 가지 않을 구실이 필요했던 건지도 모르지.

만에 하나 네트 쌤에게 안 좋은 일이라도 생긴다면 네티즌은 그가 올린 영상들을 근거 삼아 가해자를 추적할 가능성이 컸다. 그렇게 되면 서빈도 엉뚱하게 피해를 입을지 모른다는 생각에 수연의 어깨가 움츠러들었다. 절대 안 되지. 서빈이는 환경운동가가 될 아이인데. 그레타 툰베리처럼 세계의 이목을 집중시킬 텐데. 그런 점에서 서빈과 수연은 마음이 잘 맞았다. 영어 공부에 매진하는 것도 그랬다. 서빈은 경쟁 지옥인 이 나라에 갇혀 살 아이가 아니었다. 더 넓은 세상으로 나가 타고난 능력을 마음껏 펼칠 아이였다. 어떤 일을 택하든 충분히 지원해줄 수 있는 조부모를 두었으니 가능하고도 남을 일이었다. 그 행운은 그간 남편을 계속 설득해온 수연의 공이기도 했다. 얼마 전 수연의 남편이 오랜 앙금으로 절연하고 살았던 부모와 화해하면서 서빈은 굳이 의사라는 직업을 열망하지 않아도 될 만큼의 부를 물려받게 되었다. 한마디로, 하고 싶은 걸 하면 되었다. 그러므로 진정한 승자는 이미 정해져 있는지도

구슬에 비치는

모른다.

수연은 차창을 올린 뒤 시동을 걸었다. 새로 문을 연 샐러드 가게에 들렀다가 서빈과 함께 서점으로 가서 원하는 책을 잔뜩 사 줄 생각이었다. 진정한 사교육이 무언지, 최후의 승자가 되는 법이 뭔지 모르는 어른들 틈바구니에서 서빈을 올바른 길로 이끌어주어야 한다는 책임감이 밀려와 수연은 핸들을 힘주어 꽉 잡았다. 결국 그녀 역시 자본의 힘을 굳게 믿기에 아등바등 살지 않는 것뿐이라는 비릿한 깨달음이 한 치도 비어져 나오지 못하게끔. 다른 이들이 돈과 행복의 상관관계를 믿는 것만큼이나 그녀 역시 그렇다는 걸 애써 모른 척하면서. 석양이 모빌의 유리구슬에 걸려 눈을 찌르는 빛을 내쏘았다.

그날 아침 나는 왜 만 원짜리들 앞에 서 있었는가

정아은

정아은

2013년 장편소설 《모던 하트》로 한겨레문학상을 받으며
작품 활동을 시작했다. 장편소설 《잠실동 사람들》《맨얼
굴의 사랑》《그 남자의 집으로 들어갔다》《어느 날 몸 밖
으로 나간 여자는》, 산문집 《엄마의 독서》《당신이 집에
서 논다는 거짓말》《높은 자존감의 사랑법》《이렇게 작
가가 되었습니다》, 사회과학서 《전두환의 마지막 33년》
등이 있다.

"너 바보냐?"

국어 시험 문제가 어려웠다고 호소하자 언니는 이렇게 말했다.

"다정하고 따뜻한 느낌인지, 정확하고 비판적인 느낌인지, 그런 걸 왜 생각해?"

그것은 내가 중간고사에서 틀린 세 개의 문제 중 하나였다. 시 한 편을 예시로 준 뒤 어떤 느낌으로 낭독해야 하는지를 고르는 문제였고, 나는 다정함과 정확함 사이에서 수십 번 왔다 갔다 하다가 결국 정확한 느낌으로 낭독해야 한다는 쪽을 택했다. 결과적으로, 그 문제 때문에 국어 점수의 앞자리가 바뀌었다.

"너 박종현 작가 알지? 교과서에 소설 실린 사람. 그 사람이 자기가 쓴 소설이 나오는 수능 문제를 푼 적이 있어. 그런데 그 사람이 고른 답이 오답으로 나왔대. 이게 뭘 말하겠니? 직접 본문을 쓴 작가가 자기 느낌으로 답을 골라도 틀리는 게 대한민국 국어 문제야. 그런데 너 같은 애가 자기 느낌으로 답을 골라서 그걸 맞힌다? 그게 되겠냐, 이 멍청아?"

언니의 요지는 이랬다. 어울리는 낭독 어조를 묻는 국어 문제에 진심으로 응하면 안 된다. 절대로. 무조건 출제자의 의도를 생각하고, 가장 '전형적이고 뻔한' 답을 골라라. 그래야 정답을 맞힐 수 있다. 언니의 표현에 따르면 '개인 신조 금지, 개성 발현 금지'만이 살길이었다.

"나는 내 느낌 같은 거 생각 안 해."

목소리가 떨려 나오지 않도록 나는 힘주어 말했다. 전과목 1등급으로 가뿐하게 S대학 수시 전형에 합격한 언니는 대학생이 되어 멋을 내고 나다니느라 바빴다. 얼른 나가야 한다면서, 아침을 먹는 동안 벌써 열 번도 넘게 시계를 보았다. 그렇게 시간에 쫓기면서도 내 시험 이야기가 나오자 눈에 불을 켜고 잔소리를 늘어놓고 있었다.

"내 느낌 따라가려 했던 게 아니고, 그냥 출제자의 의도가 뭔지 헷갈렸을 뿐이야."

"너는 그게 문제야. 쓸데없이 생각이 많은 거. 그냥 문제집 세 권 사서 싹 풀어. 두세 권 풀면 문제 패턴 다 잡혀. 이 시가 어떤 느낌인가, 이 글을 어떤 어조로 낭독해야 하는가, 이런 게 세상에서 제일 쓸데없는 고민이거든? 시에 자기 느낌을 가지면 안 된다, 그게 대한민국 국어 교육의 핵심이라고! 대체 몇 번을 말해줘야 하니?"

문제집을 풀어라, 네 개인적인 느낌을 갖지 마라, 그동안 수십 번 반복해온 후렴구를 주저리주저리 늘어놓던 언니가 피아노 위에 걸린 시계를 쳐다보더니 벌떡 일어나 제 방으로 달려갔다. 집 안을 왔다 갔다 하며 옷을 찾는다, 귀걸이를 찾는다, 하며 부산을 떨기 시작했다. 나는 그런 언니를 보며 밥을 입안으로 밀어 넣었다.

언니의 억측과 달리, 나는 시험에 나온 본문을 볼 때 그에 대한 내 느낌을 생각하지 않는다. 이 문제를 만들 때 어떤 답을 기대했을까? 출제자의 마음에 이입해 들어가

그날 아침 나는 왜 만 원짜리들 앞에 서 있었는가

려 최대한 노력한다. 이번 중간고사에서 틀린 문제의 경우, 처음엔 '다정하고 따뜻하게'가 답일 거라 생각했다. 그런데 다시 읽어보니 두 번째 연에 나온 '견고한'이라는 단어가 마음에 걸렸다. 견고하다는 말이 들어간 시를 다정하고 따뜻하게 낭송해도 될까, 어쩌면 이 시를 진정 어울리게 읽는 방법은 정확하고 비판적으로 읽는 것 아닐까, 하는 의심이 생겨났다.

본문을 반복해 읽을수록 그쪽으로 마음이 기울었다. 이 문제는 킬러 문항일 것이다! 학생 대부분의 판단을 따뜻함 쪽으로 쏠리게 하지만 실은 정확하고 비판적으로 낭송해야 한다는 것이 진정한 답일 것이다. 깊은 고민 없이 따뜻함을 택하는 다수 학생과, 함정에 빠지지 않고 정답을 골라내는 내 모습이 선명한 대비를 이루며 떠올랐다. 답에 포함된 '정확'이라는 두 글자도 내 선택을 확고하게 뒷받침해주는 것 같았다.

그렇다고 망설임이 없었던 건 아니다. 컴퓨터용 사인펜으로 답을 기재해 넣으려는 순간, 마음에 커다란 파동이 일었다. 진짜? 진짜 이런 시를 정확하고 비판적으로 낭독해야 한다고 생각해? 다시 읽어보니 시가 너무나 따뜻하게 느껴졌다. 다정하고 따뜻하게 읽어야만 하는 단 한 편의 시가 있다면 바로 이 시일 것이었다. 그러나 막상 펜으로 답 칸을 채우려 하면 '정확'이라는 단어가 눈앞에 커다랗게 떠올랐다. 나는 눈을 감고 고개를 저었다. 함정에 빠지면 안 된다. 출제자들이 바보도 아니고, 누구나 그 답을 고르리라는 걸 알 텐데 그런 쉬운 문제를 냈을 리 있겠는가. 시험 종료를 3분 남긴 시점, 내 마음속에는 이 문제야말로 변별을 위한 킬러 문항이라는 확신이 밀려왔고, 나는 과감하게 마킹했다. 정확하고 비판적으로 낭독해야 한다는 3번으로. 그리고 나는 우리 반에서 그 문제를 틀린 유일한 학생이 되었다.

비운 밥그릇과 수저를 싱크대로 가져가는데, 식탁 한 구석에 놓인 만 원짜리들이 눈에 들어왔다. 회사 감사 시즌이라 엄마는 요즘 새벽에 나가서 한밤중에 들어왔다. 이런 시즌에 엄마는 만 원짜리를 뭉텅이로 식탁 위 바구니에 넣어둔다. 저녁때 언니와 내 식사를 준비해주러 오는 할머니가 장 볼 때 쓰시라고 비치해둔 '장보기용' 돈이다.

실은 중간고사를 치르기 이틀 전, 바구니에 담긴 돈을 꺼내 썼다. 국어 문제집을 사기 위해서였다. 국어 문제집을 사고 싶다고 했을 때, 엄마는 내가 이미 국어 학원에서 제공한 문제집을 갖고 있음을 지적했다. 언니는 학원 근처에도 가지 않았는데 거뜬히 국어를 100점 맞았다는 후렴구도 잊지 않고 덧붙였다. 그런 엄마에게 국어 문제집을 또 사 달라고 할 수는 없었다. 그래서 바구니에 담긴 만 원짜리 두 장을 꺼내 썼다. 다른 데 쓴 것도 아니고 문제집 사는 데 썼으니 괜찮은 거라고 되뇌었지만, 마음 깊숙한 곳에는 '나쁜 짓'을 했다는 느낌이 묵직하게 걸려 있었다.

하지만 오늘 아침, 언니에게 "너 바보냐?"라는 말을 듣고 나니 화가 치밀었다. 모든 국어 문제집을 사다 풀어야겠다는, 기말고사는 반드시 만점을 받아야겠다는 생각이 들었다. 언니는 그다지 공부를 열심히 하지도 않았는데 시험을 봤다 하면 만점을 받는 '천재형'이었다. 나는 그렇지 않았다. 엄마의 표현에 따르면 "쓸데없이 문제집은 많이 푸는데" 성적은 변변치 않게 나오는 '둔재형'이었다. 가끔 글쓰기 대회에 나가서 상을 타 오지만, 언니 표현에 따르면 그건 "다 쓸데없는" 상이었고, 나는 "진짜 중요한 학교 시험에서는 꼭 두세 개씩 틀려서 1등급에서 미끄러지는 멍청이"였다. 반에서는 잘하는 축에 들고 일부 선생님들은 나를 똑똑하다 평하기도 하지만, 엄마와 언니의 평가는 단호했다. 나는 "해도 안 되는 애"였다. 그리고 내 머릿속을 점령하는 것은 언제나 엄마와 언니가 내리는 평가의 말이었다. 해도 안 되는 애, 열심히 하는데 요령을 모르는 애.

그릇을 싱크대에 놓고 방으로 가려던 내 발길이 식탁 앞에 멈추어 섰다. 바구니에 담긴 만 원짜리들이 커다랗게 확대되어 다가왔다. 여러 장이 겹쳐진 채 반으로 접혀 있는 푸른 돈더미. 저 중에서 두 개를 빼내면 어떻게 될까. 이렇게 바쁜 시즌에 엄마는 내가 몇 장을 빼 가도 눈치를 채지 못한다. 아마 이번에도 그럴 것이다. 손을 내밀어 만 원짜리들에 손을 얹었다. 순간 전기에 감전된 것처럼 몸이 떨려왔다. 어쩌면 엄마는 이번이야말로 눈치채고 호통을 칠지도 모른다. 누가 여기 있던 돈에 손댔니! 할머니 장 보시라고 둔 돈인데! 나는 식탁 앞에서 손을 허리춤으로 되돌린 뒤 굳었다. 푸른 돈의 형상이 흐릿해지고 정신이 아득해졌다. 뇌리 어딘가에서 5분 만에 이를 닦고 옷을 갈아입지 않으면 지각할 거라는 경고음이 울려 퍼졌지만 몸이 움직이지 않았다. 머릿속에서는 내가 2만 원을 들고 서점으로 향하는 장면이 계속 반복되었다.

다른 아이

박서련

전국연합학력평가 답안지

3월 고3

/탐구영역
(사회/과학)

고등학교

박서련

2015년 〈실천문학〉 신인상을 받으며 작품 활동을 시작했다. 장편소설 《체공녀 강주룡》《마르타의 일》《마법소녀 복직합니다》, 소설집 《호르몬이 그랬어》《나, 나, 마들렌》《고백루프》, 산문집 《오늘은 예쁜 걸 먹어야겠어요》 등이 있다. 한겨레문학상, 젊은작가상, 이상문학상, SF어워드 장편소설 부문을 수상했다.

뭘 사 가면 좋을지 미처 생각을 못 했네. 크리스피크림 도넛은 너무 무난하려나? 노티드나 랜디스도넛 정도는 사 가야 신경 좀 썼구나 하려나? 이제 와서 그런 생각은 해서 뭐 해, 줄 서서 살 여유도 없고 가는 길에 매장이 있는 것도 아닌데…… 도넛보다 스타벅스가 나으려나? 스타벅스에서 산다고 치면 뭘 사 가야 좋담. 교사들끼리 나눠 먹기 괜찮은 게 있으려나. 그냥 선생님 혼자 쓰시라고 기프트 카드를 드릴까? 요즘 선생님들 그런 거 받아도 되나? 영어 유치원 선생님들은 공무원이 아니라서 그런 거 상관없나. 공무원은 고사하고 한국인도 아닌데.

나올 때만 해도 가벼운 마음이었다. 커피 한 잔 두고

다른 아이

웃으면서 한 10분, 10분은 너무 짧은가, 한 20분? 스몰 토크나 좀 나누러 가는 거니까 부담 가질 필요 없다고 되뇌며 나온 참이었다. 물론 이쪽은 용건이 있어 방문하는 거지만, 학부모가 잠깐 아이 얘기하러 들르는 게 유난스러운 일은 아니잖아. 그렇지? 잘못한 것도 없고. 잘못은 그쪽이 했고.

대로변 스타벅스 앞에서 잠깐 머뭇대다 결국 그냥 길을 건넜다. 약속 시간이 얼마 남지 않았는데 뭘 살지 정하지도 못한 채로 매장에 들어가는 건 현명한 선택이 아닐 것 같았다. 8차선 도로 건너 짧은 상가 골목을 지나 야트막한 언덕을 올라야 하는지라 이미 아슬아슬한 참이었다. 외국인들은 약속 시간에 더 예민하다지? 학부모도 엄연히 고객인데 고작 1, 2분 늦는 걸로 무안 줄 것 같진 않지만. 상가 끝 언덕 시작 지점, 모퉁이에 위치한 작은 편의점이 최후의 보루인 양 눈에 띄었다. 유심히 보다가 고개를 크게 저은 것은 겨우 주스 병 세트를 사느라 늦느니 빈손으로 정시에 들어가는 게 차라리 낫겠다는 판단 때문이었다.

트리플 아이(Triple I), 임영수 인펀트 인스티튜트

(Imyoungsoo Infant Institute). 아들이 다니는 영어 유치원의 기둥형 간판은 언덕 초입에서부터 보였다. 가운데에 있는 커다란 대문자 I가 좌우를 장식한 소문자 i들을 감싸 안은 듯한 로고는 세련된 한편 교육기관다운 신뢰감을 주는 디자인이었다. 그런데, 전부터 궁금했는데, 대문자 I는 인스티튜트일까, 인펀트일까, 학원장 임영수일까? 언덕을 오르느라 청키힐 뒤꿈치가 헐떡거리고 곁땀이 스산히 배어나는 걸 느끼면서도 줄곧 그 위풍당당한 간판만을 바라보며 나는 생각했다.

"안녕하세요, 어떻게 오셨죠?"

들어가자 백화점 로비의 데스크 직원처럼 몸에 꼭 맞는 유니폼을 입은 사람이 백화점 로비의 데스크처럼 화사하고 세련되게 꾸며놓은 자리에 앉아 있었다. 입학설명회 때와 아들을 처음 등원시킬 때 이미 보았지만 봐도 봐도 신기한 광경이었다. 무슨 유치원에 리셉셔니스트가 다 있담? 4, 5성급 호텔도 아니고 대형 쇼핑몰도 아닌데. 종종걸음으로 올라오느라 껴안고 있다시피 했던 클러치백을 한 손에 옮겨 쥐고 나머지 손으로 옷매무새를 가다듬으며

다른 아이

대답했다.

"저는 피터 엄마인데요. 오늘 클래스 티처 면담 신청했거든요."

"자녀분 클래스가 뭔가요?"

"프리스쿨 타이거 클래스요."

"네, 잠시만요."

로비 직원은 내게 미소 짓고 방송 마이크를 켰다.

"Mr. Tailor, you got a guest. Please go to the meeting room(테일러 씨, 손님이 오셨습니다. 응접실로 가주세요)."

과연 '영유'는 다르구나. 로비 직원까지 발음이 끝내주네. 로비 직원은 마이크를 끄고 3층 응접실로 가면 된다고 한국말로 안내했다. 얼떨떨하게 그 앞을 지나쳐 중앙 계단을 오르면서 몇 번이고 로비를 돌아보았다. 영유는 역시 달라. 달라도 너무 달라. 하긴 일반 유치원하고는 원비 단위부터 다르니까.

아들을 트리플 아이에 보낸 건 기적적인 일이었다. 무려 3단계에 걸친 관문을 뚫고 이루어낸, 믿기 어려운 쾌거였다. 우선 입학설명회 참석권을 따내는 게 1차, 입학설명회에 참석한 학부모를 대상으로 하는 인터뷰가 2차, 인터뷰에서 합격선에 든 이들을 대상으로 하는 추첨이 3차였다. 1차부터 피 튀기는 예매 경쟁이 아이돌 콘서트 티켓팅을 방불케 했고, 2차는 10년도 더 전에 치른 대학 입시 면접을 연상케 했으며, 3차는 아파트 청약처럼 손에 땀을 쥐게 했다.

그 모든 과정을 거쳐 아들이 트리플 아이에 들어가게 된 기쁨을 어떻게 표현할 수 있을까. 내 가수의 콘서트장에서 대학 합격 문자와 아파트 분양 성공 문자를 동시에 받는다 해도 그렇게 행복하지는 않았겠지. 굳이 비교하자면 난임클리닉을 졸업하게 되었을 때, 그래, 거의 그때만큼 기뻤다. 어렵게 얻은 단 하나의 아이에게, 돈 주고도 못 사는 기회를 선물할 어려운 시험을 통과했다는 사실이.

물론 우리 살림에는 원비가 다소 빠듯한 편이었다. 하지만 눈에 넣어도 아프지 않고, 깨물어주고 싶을 만큼 예쁘지만 아까워서 깨물지도 못할 우리 아이에게 더 질 높은 교육을 제공할 수 있다면 얼마든지 감수할 만한 지출이었다. 나도 남편도 조건이 그리 빠지지는 않는 데다 아직 벌이가 한창인지라, 앞으로의 기대 수입이 더 높다며 과감해질 수 있었다. 게다가, 우리는 그렇다 쳐도 다른 학부모들은 다 '사' 자 돌림 직업이니 우리 아이는 조건 좋은 집안 아이들과 아주 일찌감치 인맥을 쌓을 수 있지 않겠는가. 겸사겸사 나도 행사든 뭐든 부지런히 참석하며 얼굴도장을 찍고 잘나가는 학부모들과 연 좀 맺어놓으면 더욱 좋고…… 그게 다 투자라고 생각했던 것이다, 애초에는.

"Hi(안녕하세요), 미세스 킴. 피터의 클래스 티처 마이클입니다."

만나기로 한 약속 시간으로부터 5분가량 지났을 때 아들의 담임 마이클이 응접실에 들어왔다. 한국어 발음은 그런대로 유창했지만, 미묘하게도 공손하지 않은 태도와 함께였다. 미소 띤 얼굴을 보니 시간을 신경 쓰는 눈치가 아니어서 역시 뭐라도 사 들고 올 걸 그랬나 싶었지만, 사 왔어도 별로 감사해하지 않았을 것 같다는 생각이 들었다. 역시 영유는 달라. 우리나라 정서하곤 달라도 너무 달라.

"마이클 선생님, 안녕하세요. 다름이 아니고, 어제 피터가 했다는 소꿉놀이 얘기를 하려고 왔어요."

나는 그가 앉자마자 다짜고짜 본론을 들이밀었다. 집을 나설 때만 해도 정말이지 캐주얼하게, 프렌들리하게 이야기하고 싶었지만, 명색이 교사면서 학부모가 무슨 문제로 방문한 건지 짐작도 가지 않는다는 듯 태연한 표정을 짓고 있는 꼴을 보니 시시껄렁한 스몰 토크나 나눌 기분이 도저히 아니게 된 것이었다.

"쏘쿱너리?"

트리플 아이 선생님들은 한국어 능력도 감안해서 뽑는다고 들었는데 이런 기초적인 단어도 모르나. 잠시 말문이 막혔지만 나도 배울 만큼 배운 사람이라 큰 문제는 아니었다.

"마미, 대디, 롤플레잉이요. 플레잉 하우스. 유 노우?"

마이클은 눈썹을 한껏 치켜올렸다가 오, 하며 싱긋 웃었다. 그래, 내 영어 실력도 영 못쓸 건 아니라고. 내가 살짝 웃자 마이클은 양손으로 화려한 제스처를 선보이며 대답했다.

"What's that word in Korean(한국말로 뭐였지요). 아, 소통. You know(당신도 아시다시피), 소통 능력과 상상력

다른 아이

발달에 pretend play(흉내 놀이), 베스트니까요."

그냥 커뮤니케이션이라고 해도 알아들었을 텐데. 마이클의 말은 아동 발달에 대한 매우 기초적인 지식이었지만 영어로 말하니 왠지 더 그럴싸했다. 그렇지, 여자애들은 화장 놀이를 하고 남자애들은 소방차 붕붕 놀이를 하면서 역할 학습도 하고 정서도 발달시켜야지.

"아니, 그게 아니고요."

나는 숨을 한껏 들이쉬고서야 겨우 말할 수 있었다.

"남자애랑 남자애랑 커플을 시켰다면서요."

"네, 피터랑 바비였죠. I guess(그랬던 것 같아요)."

쏘 왓? 하는 얼굴로 나를 빤히 바라보는 백인 남자의 얼굴을 한 대 치고 싶은 충동이 들었다. 내가 지금 무슨 말을 하고 있는지 이해가 안 되나?

"마이클 선생님은 그런 문화가 익숙한 곳에서 오셔서 잘 모르실 수도 있겠지만, 한국은 아직 그렇지 않거든요. 더구나 아직 정체성이 확실하지 않은 아동들에게 그런 식으로 성소수자 역할을 맡기는 건 무책임하다고 생각하는데요."

아들에게 그 얘기를 듣고부터 화가 머리끝까지 나 있었지만 참고 참으며 고르고 고른 말, 집을 나서기 전 수십 수백 번 속으로 되뇌며 연습해온 말이었다. 심정 같아서는 당장이라도 아들을 안고 이딴 곳에 더는 내 아이를 맡기지 않겠다며 뛰쳐나가고 싶었지만, 원어민 교사가 한국 문화에 대해 잘 몰라 저지른 실수라 믿으며 마음을 가다듬은 거였다. 이번 일은 사소한 잡음 같은 거라고, 별일 아니라고 여기며 넘겨버리고 싶은 사람은 나였다. 내가, 우리 부부가 트리플 아이에 아들을 보내느라 들인 정성을 생각해서라도 마이클은 뉘우쳐야만 했다.

"Oh, it's so awkward……(오, 이것 참 곤란하네요)."

마이클은 어색하게 웃으며 말했다.

"미세스 킴, 그건 피터의 아이디어였어요."

"네?"

"좋아하는 사람하고 커플이 되는 거라고, 티처로서 힌트는 줬지만, 피터가 제일 먼저 바비의 손을 잡았죠."

"뭐라고요?"

"Actually(사실은) 저는 피터가 칭찬을 deserve, 받을 만

하다고 생각합니다. Creative, active, brilliant! 창의적이고, 적극적이고, 멋진 아이디어였죠. 놀이의 규칙을 알고 자기 스타일로 놀겠다고 했잖아요?"

마이클은 끊임없이 지껄여댔고 대충 좋은 내용 같기는 했지만 귀에 제대로 들어오는 말은 한마디도 없었다. 우리 아들이 자진해서 다른 남자애랑 게이 소꿉놀이를 했다는 사실이 머리와 가슴을 꽉 채워 다른 생각이나 기분은 비집고 솟아날 틈이 없었다. 내가 한참 동안 말을 잇지 못하자 마이클이 또 지껄였다.

"Also(또한) 인터뷰 때 글로벌 이슈, 특히 마이너리티에 많은 관심이 있다고 하셨잖아요, 미세스 킴."

닥쳐, 인마. 셧 더 퍽 업, 이 새끼야. 네가 내 기분을 알아? 아직 초등학교도 안 들어간 아들이 게이일지도 모르는 부모의 심정을 알아? 그렇게 소리치고 싶었지만 참았다. 참으면서 다른 무슨 말이라도 떠올려보려 애썼지만 잘되지 않았다. 어렵사리 짜낸 말은 겨우 이랬다.

"선생님은 우리 애가 게이라고 생각하세요?"

영어와 한국어를 섞어 할 말 못 할 말 가리지 않고 지껄이던 마이클이 그제야 입을 다물었다. 나는 속으로 조금 의기양양해하며 생각했다. 그렇지? 당신 생각에도 큰 문제지, 이건? 한동안 침묵을 지키던 마이클이 고개를 갸웃거리며 다시 입을 열었다.

"You know(당신도 아시다시피) 정체성이 확립되지 않은 어린이잖아요. Love and like(사랑과 호감)의 차이도 아직…… 잘 모를 겁니다."

역시 그렇죠? 그런 거겠죠? 이번 일 하나로 우리 애가 게이라고 단정 지을 수 없는 거겠죠? 그런 심정으로 나는 절박하게 고개를 끄덕였다. 까딱하면 눈물이 터질 것만 같았다.

"However(그렇지만), 미세스 킴."

마이클은 계속 갸웃대며 물었다.

"그러면 아이가 지금까지와는 다른 아이가 되나요?"

그건 마이클이 처음으로 영어를 전혀 섞지 않고 건넨 말이었는데도 오히려 난생처음 듣는 외국어처럼 낯설게만 느껴졌다.

다른 아이

소나기

서윤빈

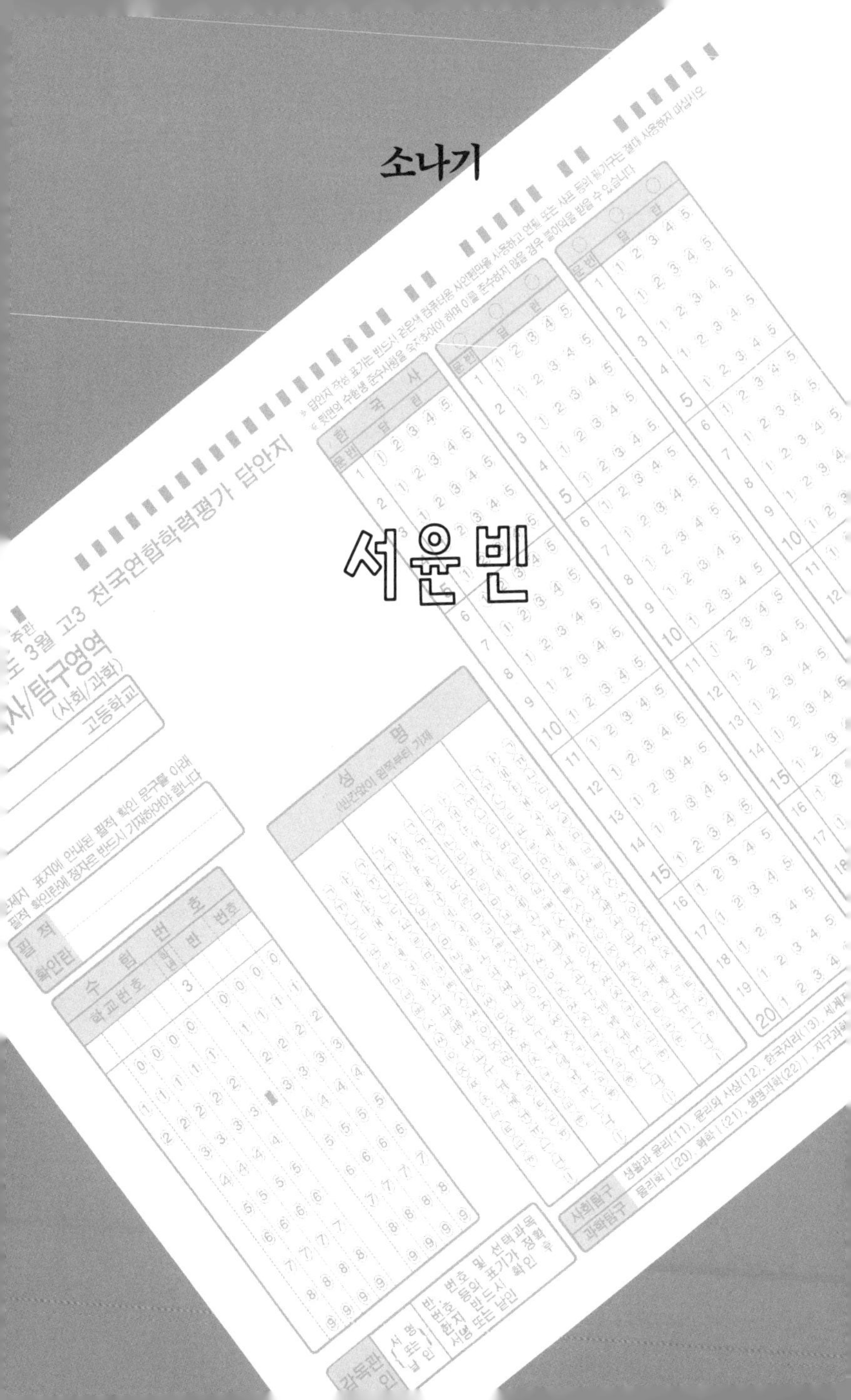

서윤빈

2022년 한국과학문학상 중단편 부문 대상을 받으며 작품 활동을 시작했다. 장편소설 《영원한 저녁의 연인들》, 소설집 《파도가 닿는 미래》《날개 절제술》 등이 있다.

윤이를 만나기 전까지 나는 인생의 문제들에 관해 거의 생각해본 적이 없었다. 나는 공부에 아무런 현실감도 느끼지 못했다. 내가 미적분을 할 줄 알든 말든 닭은 잘 자랐고, 가계부는 간단한 덧셈과 뺄셈이면 충분했다. 지원금 일로 주민센터 직원들과 대거리를 하다 보면 학교에서 가르치는 정치와 법이라는 걸 도무지 믿을 수 없게 된다. 세상은 글자가 아니라 뼈와 살로 움직이는 곳이다. 머리를 싸매고 쓴 다섯 장짜리 지원서보다 한방닭백숙과 막걸리 한 주전자가 더 효과적이라는 걸 어머니는 몇 년째 증명해오고 있다. 물론 얼큰하게 취한 뒤에는 당신의 주먹 한 방맛을 내가 잊지 못하게 하는 것도 빼놓지 않았지만. 닭의

숨통을 한 번에 끊어버리는 데 이골이 난 어머니의 손은 대추처럼 단단하고 생강처럼 매웠다.

고등학교에 입학하던 날, 나와 내 친구는 담배를 피우다 담배를 피우러 나온 선생에게 걸렸다. 몇 시간 후 내 담임인 것으로 밝혀진 그 선생은 우리를 사람 만들겠다며 '대학 학과별 수능 점수 커트라인'이라는 걸 복도마다 붙이게 했다. 포스터는 내 상반신만 했는데, 누런 색감과 빼곡히 적힌 글자 때문에 꼭 부적 같았다. 우리의 담임일 뿐만 아니라 학년부장도 겸할 예정이었던 그 선생은 그날 입학식에서 신입생들을 모두 강당에 불러놓고 저주인지 응원인지 모를 말들을 늘어놓았다. 그에 따르면 첫 학기에 전교 4등 안에 든 애들로 특별반을 만들 거라고 했다. 특별반에 든 애들에게는 대입을 위한 대대적인 지원을 할 예정이며 거기에 못 들면 대입은 망한 거나 다름없다고 했다. 그러나 선생의 열변에도 불구하고 듣는 애들은 거의 없었다. 나는 장바닥처럼 소란스러운 강당에 열중쉬어를 하고 서서, 비상구 표지판 속 사람의 자세가 참 웃기다는 생각을 하다가, 우리 학년 학생 수가 100명이라는 사실을 떠올렸다.

"96퍼센트가 대학에 갈 수 없다면 대학에 가는 4퍼센트가 문제 있는 사람인 거 아니야?"

내가 귓속말을 하자 친구는 그게 무슨 소리냐는 표정을 지었다. 그는 귀에 이어폰을 꽂고 있었다.

우리 마을은 언덕을 경계로 읍내와 변두리가 갈렸다. 읍내에는 PC방과 오락실, 편의점, 노래방 따위의 여느 읍내에나 있을 만한 것들이 있었다. 굳이 차이를 꼽자면 우리가 그런 유흥거리들을 통칭해 '인생'이라고 불렀다는 것과 모든 가게의 간판이 당장 지워져도 이상하지 않을 정도로 낡았다는 것 정도. 멋들어진 부엉이 캐릭터가 그려진 독서실 하나만이 한때는 번성할 뻔했다던 읍의 과거를 증언할 뿐이었다. 그래도 그곳이 그 시절 우리의 절반이었다. 시골이라고 자연을 뛰노는 순수한 소년 소녀는 없었다. 우리에게 자연이란 몰래 술을 마시거나 담배를 피울 은신처에 불과했다.

문제없는 우리 96퍼센트는 읍내를 뻔질나게 오가며 서

소나기

로 안면을 트고 친해졌다. 윤이는 학교가 끝나면 곧바로 읍내로 오면서도 인생에서는 절대 만날 수 없는 유일한 애였다. 가끔 편의점에서 윤이를 봤다는 목격담만 괴담처럼 떠돌아다닐 뿐, 아무도 윤이가 뭐 하러 읍내에 오는지 알지 못했다.

윤이는 특별히 활달한 애가 아니었는데도 학기 초부터 기묘한 존재감을 발했다. 예쁘장한 외모 덕분이기도 했지만, 그것보다는 이상할 정도로 선배들의 방문이 잦았던 탓이다. 인생에서 보이지 않으면서도 선배들과 알고 지낼 확률은 잘은 몰라도 4퍼센트보다 낮을 것이다. 우리 96퍼센트는 늘 그 신기한 현상이 어떻게 발생했는지 궁금해했다. 그러나 윤이는 쉬는 시간이면 늘 이어폰으로 귀를 막고 문제집을 풀었다. 종종 선생이 수업을 통제하지 못하는 혼란이 벌어질 때도, 윤이는 지체 없이 이어폰을 끼고 문제집을 펼쳤다. 윤이에게는 풀어야 할 문제가 아주 많은 것 같았다. 그 태도가 풍기는 엄숙한 기운 탓에 우리는 아무것도 물어볼 엄두를 못 냈다. 몇몇은 선배들과 담배를 피우며 살짝 운을 띄워보기도 했지만, 선배들 역시 어물쩍 대답을 피할 뿐이었다. 마치 윤이의 이름이 어떤 금기라도 되는 것처럼.

3월이 끝날 무렵이 되자 선배들은 더 이상 반에 찾아와 윤이를 부르지 않았다. 윤이를 향한 우리의 관심도 같이 사그라들었다. 윤이는 남자 고등학생의 사춘기를 자극할 정도로 예뻤지만, 다행이랄지 불행이랄지 우리 인생에는 문제없는 여자애들이 충분히 많았다.

내가 윤이와 대화를 튼 것은 애들의 관심이 사라지고도 시간이 조금 더 지난 후였다. 학교에서 읍내로 가기 위해서는 버스를 타야 했는데, 마을버스는 비가 오면 제멋대로 운행을 포기해버리곤 했다. 그럴 때면 우리는 알음알음 오토바이를 빌려 타거나 버려진 비닐하우스를 아지트 삼아 놀았다.

4월 1일, 일기예보는 틀렸고 삭신이 쑤신다던 어머니는 맞았다. 나는 상담 때문에 종례가 끝난 후 30분 동안 교무실에 잡혀 있다가 교실로 돌아왔다. 윤이는 멀뚱멀뚱한 표정으로 교실에 혼자 앉아 있었다. 창이 닫혀 있는데

소나기

도 몸을 떨고 있었다. 이어폰도 거짓말처럼 책상 위에 나뒹굴고 있었다. 윤이가 책상이나 칠판이 아니라 허공을 보는 건 처음이었다. 나는 우산만 챙겨 나가려다가 문득 지금이라면 윤이에게 말을 걸어도 괜찮겠다는 생각이 들었다. 그때 내가 뭐라고 했는지는 정확히 기억나지 않는다. 하지만 처음 보는 윤이의 화창한 표정과 그에 어울리지 않게 엉뚱한 대답만큼은 기억에 선명히 남아 있다.

"배고파."

정신을 차려보니 윤이는 우리 집 거실에 앉아 있었고, 나는 어머니가 가장 아끼는 닭의 멱을 따 펄펄 끓는 물에 넣고 있었다. 아이고 난 죽었다, 하는 생각이 뒤늦게 들었다.

그날 이후로 윤이는 종종 배가 고프다며 나를 찾았다. 학교에서 따로 대화를 나누지는 않지만, 일주일에 한두 번 음식 이름만 적힌 문자메시지가 왔다. 나는 요리를 하거나 사 왔고, 윤이는 먹었다. 윤이의 지갑에는 편의점에서도 사용 가능한 교통카드 딱 하나만 들어 있었다. 윤이는 나와 밥을 먹을 때마다 마치 오래 참은 숨을 내쉬듯 살 것 같은 표정을 지었다. 일견 균형이 맞지 않는 관계처럼 보일지 모르겠으나 윤이가 얼마나 맛있게 먹는지 본 사람이라면 누구나 나처럼 했을 것이다.

게다가 우리는 밥만 먹지도 않았다. 윤이는 그냥 얻어먹기는 미안하다며 내 공부를 도와주겠다고 우겼다. 덕분에 나는 처음으로 공부의 부드러운 실체를 느꼈다. 미적분은 손이 따뜻했고, 영어는 코코넛 냄새를 풍겼다. 비문학은 무릎 하나 정도의 거리를 두고 존재감을 내뿜었다. 내가 집중할 수 있다는 게 퍽 의외였는지, 하루는 윤이가 내게 여태껏 왜 공부를 하지 않았는지 물었다. 나는 반대로 되물었다.

"대학이라는 게 정말 존재하긴 하는 거야?"

윤이가 고개를 끄덕였다.

"아니면 왜 다들 목숨을 걸고 공부하겠어?"

윤이는 중간고사에서 전교 3등을 했다. 선생이 우리 반의 자랑이라며 윤이를 과장스럽게 추켜세웠을 때, 윤이가 아주 동그랗게 웃었다는 걸 나는 기억했다. 선생은 나머지 우리를 흘겨보며 너희들은 어떻게 살려고 그러느냐

소나기

고 출석부를 쥐고 흔들었다. 당연히 듣는 사람은 거의 없었다.

우리 96퍼센트는 인생에서 유흥과 연애에 목숨을 건다고 나는 말했다. 그러자 윤이는 아주 똑 부러지게 반박했는데, 요약하자면 좋은 대학에 가면 평생 노는 물이 바뀐다는 말이었다.

"대학은 다이빙대와 같아. 애초에 높은 곳에서 뛰어내리는 사람을 따라잡을 순 없어."

"하지만 어차피 내려가는 거라면 그냥 산소통 메면 해결되는 거 아냐?"

"너 다이빙 경기 본 적 없구나."

윤이의 표정이 서늘하게 일렁였다. 나는 기가 좀 죽어서 고개를 끄덕였다.

"아니면 좀 잘사니?"

윤이는 어떤 증거라도 찾아보려는 듯 두리번거렸다. 나는 그녀를 따라 고개를 돌리지는 않았지만, 그녀의 시선이 닿을 만한 곳이 내 의사와 상관없이 머릿속에 떠올랐다. 옷장 대신 구석에 놓인 작은 서랍장, 아버지의 사진이 끼워진 액자, 닭장과 자물쇠가 달린 미닫이문, 에어 캡을 덕지덕지 붙인 창, 방 안에 배어 있을 게 분명한 닭똥 냄새. 얼굴이 화끈거렸다. 만약 언젠가 우리 집이 텔레비전에 나온다면 그건 다큐멘터리나 기부 종용 방송이지 생활 관찰 예능이나 로맨스 예능은 아닐 것이었다.

어쩌면 윤이는 처음으로 내 집 안 꼴을 자세히 보았고, 뒤늦게 말실수를 했다는 걸 깨달았는지도 모른다. 내가 말이 없어지자 윤이는 황급히 덧붙였다.

"난 살기 위해 공부한다고. 그냥 그 말을 하고 싶었어."

윤이가 내 어깨를 잡았다. 나는 고개를 들어 윤이를 보았다. 윤이의 얼굴이 조금 흔들렸다. 그리고 수면파처럼 훅 다가왔다. 시원했다. 여자들이 데이트를 할 때면 유독 파스타를 찾는 이유가 뭔지 알 것 같았다. 입맞춤의 맛은 그날 먹은 음식에 따라 물리적으로 결정되는 거였다. 그날 밤 나는 다리를 꼬고 야릇하게 누워 있는 닭백숙 꿈을 꾸었다.

어머니의 늦은 귀가는 소소한 축복이었다. 윤이가 우

리 집에 들렀다가 읍내에 나가는 건 다이빙대에 오르면 뛰어내려야 하듯 어느새 자연스러운 일상이 되었다. 문제없는 96퍼센트는 내가 인생에 나타나지 않는 걸 의아해했다. 나는 요즘 풀어야 할 문제가 좀 생겼다고 실실 웃으며 말했다. 워낙 바보같이 웃어서 애들은 내가 드디어 실성한 줄 알았다고 했다. 그러나 나는 이제 세상이 4퍼센트와 96퍼센트로만 나뉘는 게 아니라는 걸 알았다. 96퍼센트는 심심한 96퍼센트와 할 게 있는 96퍼센트로 나뉘었다. 4퍼센트도 넉넉한 4퍼센트와 발버둥 쳐야 하는 4퍼센트로 나뉠 것이었다. 단 한 가지 아쉬운 게 있다면 나는 한 번쯤 윤이를 인생에 데려가고 싶었는데, 윤이가 그것만큼은 죽어도 싫어했다는 것뿐. 일상은 함께하지만 인생을 함께할 수는 없다는 것만 빼면 우리는 정말로 다 좋았다.

윤이는 종종 내게 얻어먹는 걸 좀 이상할 정도로 미안해했다. 사실 내 입장에서는 인생에서 노는 것보다 윤이와 밥 먹는 것이 훨씬 싸게 먹혔다. 그러나 윤이는 한 번도 제대로 놀아본 적이 없는 듯 그 말을 절대 믿지 않았다. 우리는 밥을 먹으며 많은 대화를 나누었다. 윤이로서는 뭔가를 이해하고 싶어서 그러는 것 같았는데, 대화하면 할수록 나와 윤이의 인생이 바다와 수영장만큼이나 다르다는 것만 확실해졌다.

떡볶이를 먹었다. 윤이는 우리가 노는 동안 곰팡내 나는 독서실을 벗어나본 적이 없다고 했다. 나는 인생에 무엇이 있는지 가르쳐주었다. 윤이는 왜 읍내에 코인노래방이 하나도 없는지 이제야 이해가 간다며 다른 애들의 질 나쁜 유흥에 나도 어울리는 건 아닌지 캐물었다. 나는 한때는 그랬지만 지금은 아니라고 손사래를 쳤다. 윤이는 엄한 표정으로 경고하면서도 웃음이 새어 나오는 걸 완전히 숨기지는 못했다.

파네파스타를 먹었다. 윤이네 집은 윤이를 위해 서울에서 이사 온 거라서 동네에 친구가 없다고 했다. 나는 내가 있지 않느냐고 했다. 윤이가 웃었다. 파스타를 먹고 입을 맞추면 여행을 떠나는 맛이 났다.

돼지국밥을 먹었다. 윤이는 학교를 1년 쉬었다. 그래서 선배들을 모를 수가 없다고 했다. 나는 어쩌다가 쉬었는지 물었다. 윤이는 문제가 좀 있었다며 말을 흐렸다. 나도 더 묻지는 않았다. 어차피 윤이는 원할 때면 언제든 내 입을 막아버릴 수 있었다.

삼계탕을 먹었다. 윤이는 시험 한 달 전부터 공부를 시작하고, 그동안엔 아무도 만날 수 없다고 했다. 나도 예외는 아니었다. 내가 시험 일주일 전에 인생에 나타나자, 친구는 취해서 벌게진 얼굴로 내가 공부를 할 리가 없다는 걸 알고 있었다며 거드럭거렸다. 나는 좀 오기가 생겨서 술과 안주를 한쪽으로 밀어버리고 문제집을 펼쳤다. 하지만 윤이가 없으니까 문제가 하나도 풀리지 않았다. 인생 전부가 그날 밤새 나를 놀렸다.

술을 먹었다. 윤이의 주사는 우는 거였다. 나는 어머니가 돌아오기 전에 윤이를 집에 돌려보내느라 애를 먹었다. 윤이는 울먹임 사이사이마다 도대체 뭐가 문제냐고 소리쳐댔다. 그렇게 문제를 많이 풀어도 뭐가 문제인지는 알 수가 없는 모양이었다. 그날 밤 나는 윤이를 부축했던 기억을 떠올리며 오랫동안 어깨를 문질렀다. 몸을 가누지 못하는 윤이는 물먹은 옷처럼 무거웠다.

술이 문제라는 말이 괜히 있는 건 아닌 모양이다. 그날 이후로 윤이는 사라졌다. 학교에 나오지도 않았고, 연락도 받지 않았다. 나는 괜히 좋은 술을 먹이겠다고 양주를 깐 걸 후회했다. 술인 척 적당히 주스를 줬어도 윤이는 몰랐을 텐데……. 나는 아무 의미 없다는 걸 알면서도 윤이의 흔적을 매일 확인했다. 윤이의 흔적은 교실 뒤편의 빈 책걸상과 성적 등수 표에만 남아 있었다. 윤이의 1학기 최종 성적은 전교 5등이었다. 5라는 숫자는 수영장 난간 모양으로 보였다가, 잠수함으로 보였다가, 다이빙대로 보였다가 다시 숫자 5가 되었다.

반년은 길고도 짧은 시간이다. 나는 문제없는 생활로 되돌아갔다. 한동안 술을 마실 때마다 윤이를 떠올리긴 했지만, 입술에서 담배와 알코올 냄새를 풍기는 여자애들이 많이 도와주었다. 그 애들과 일상을 함께할 수는 없었으나 그래도 같이 있으면 인생이 좀 더 견딜 만해지긴 했다. 한편 윤이가 우리 집에 사다 놓은 문제집들은 시간이 지나면서 어쩔 수 없이 쓸모없어졌고 간직할 명분을 잃었다. 학기가 끝나자 엄마는 나를 한 대 때리고는 지저분하다며 문제집들을 싹 갖다 버렸다. 그 안에는 아직 내가 풀지 못한 수많은 문제가 남아 있었는데도 말이다. 정신 차리기로 한 것 아니었느냐며 끈질기게 나를 놀리는 애들마저 없었더라면 나는 저수지에 가라앉는 달걀처럼 윤이를 까맣게 잊었을지도 모르겠다. 아니다. 맞을까? 아니다. 맞나?

담배 연기처럼 지루한 어리둥절함 속에서 나는 2학년이 되었다. 친구가 학교에 윤이가 나타났다고 내게 알려준 건 나조차도 더 이상 윤이의 행방을 궁금해하지 않게 되었을 무렵이었다.

나는 친구를 따라 계단을 내려가며 생각했다. 윤이는 친구에게 나를 불러달라고 했을 것이다. 윤이는 술을 마시고 휴대전화를 잃어버렸다고, 독한 술병에 걸려 여태 입원했었다고, 살 것 같은 표정으로 말해줄 것이다. 나는 윤이의 쾌유를 축하하며 닭을 한 마리 잡아 줄 것이다. 반년 사이 키가 2센티미터나 큰 나는 이제 어머니의 주먹 한 방맛이 두렵지 않았다.

친구는 1층까지 내려가지 않고 2층에서 멈췄다. 그리고 나를 1학년 교실로 이끌었다. 작년과 뭐가 다른지 모르겠는 '대학 학과별 수능 점수 커트라인'이 교실마다 붙어 있었다. 친구가 걸음을 멈춘 곳은 1학년 5반 앞이었다. 우리를 알아본 몇몇 96퍼센트가 인사를 했고, 누굴 찾아왔느냐며 교실 뒷문을 열어주었다. 열린 미닫이문 사이로 책상에 앉아 있는 윤이의 모습이 보였다. 윤이의 가슴팍에는 1학년들이 달고 있는 것과 같은 색의 명찰이 붙어 있었다.

소나기

덜 싸우고 덜 상처받는 전략

정진영

전국연합학력평가 답안지

3월 고3 전국연합학력평가
탐구영역
(사회/과학)
고등학교

환 국 사
탐구영역

성   명
반드시 왼쪽부터 기재

수 험 번 호
학교번호

필 적
확인란

감독관
확인

성 명
또는
날인

반드시 자필로 성명과 수험번호를
정확히 기재하고 서명 또는 날인

정진영

2011년 장편소설 《도화촌 기행》으로 조선일보 판타지문
학상을 받으며 작품 활동을 시작했다. 장편소설 《침묵주
의보》 《젠가》 《다시, 밸런타인데이》 《나보다 어렸던 엄
마에게》 《정치인》 《왓 어 원더풀 월드》, 소설집 《괴로운
밤, 우린 춤을 추네》, 산문집 《안주잡설》 《소설은 실패를
먹고 자란다》 등이 있다. 백호임제문학상을 수상했다.

"엄마, 나 작곡 레슨받고 싶어."

엄마는 깜짝 놀랐다. 중학교 2학년생이 될 때까지 아들이 단 한 번도 무언가를 배우고 싶다는 의사를 먼저 밝힌 일이 없었기 때문이다. 엄마는 흥분을 가라앉히며 태연한 목소리로 아들에게 물었다.

"갑자기 작곡 레슨은 왜?"

아들은 수줍은 목소리로 말했다.

"방탄소년단처럼 세계적으로 유명한 아티스트가 되고 싶어. 솔직히 내가 뷔나 정국처럼 아이돌이 될 외모가 아니란 건 알아. 하지만 좋은 음악을 만들면, 아이돌을 통해 전 세계에 내 음악을 들려줄 수 있어. 지금부터 작곡을 배

덜 싸우고 덜 상처받는 전략

워야 실용음악과로 유명한 대학에 갈 수 있을 것 같아."

감격한 엄마는 아들의 두 손을 맞잡았다.

"그래, 잘 생각했어. 그런데 음악으로 성공하고 싶다면 작곡 레슨을 받기보다는 두리고에서 입시를 준비해 서울대학교로 진학하는 게 더 좋아. 내일 두리고 입시 전문 학원을 찾아보자."

아들은 고개를 갸우뚱거렸다.

"두리고? 거긴 자율형사립고등학교잖아?"

엄마는 안쓰럽다는 표정을 지으며 아들을 쓰다듬었다.

"거기에 가야 네가 덜 싸우고 덜 상처받고 행복해질 수 있어."

5년 전, 초등학교 3학년이었던 아들은 학교에서 시험을 치르다가 눈을 감고 귀를 막은 채 고개를 흔드는 이상 행동을 반복했다. 소아청소년정신과 의사는 아들에게 우울증 진단을 내렸다. 원인은 감당하기 어려울 정도로 많았던 학원 숙제였다. 아들은 생후 29개월부터 한글을 읽더니 네 살부터는 구구단을 외웠다. 저명한 영재교육 전문기관은 아들을 영재로 판정했다. 엄마는 그런 아들이 고작 숙제 때문에 우울증을 앓는다는 사실을 받아들이기 어려웠다. 엄마는 이 모든 게 너를 위한 거라며 아들을 다그쳤지만, 아들의 이상행동은 점점 심해졌다.

엄마는 2등이 1등으로 올라서려는 의지마저 꺾어놓을 만큼의 초격차만이 아들을 경쟁에서 해방해주리라 믿었다. 엄마는 학창 시절에 전교 1등을 하는 친구보다 반에서 고작 자기보다 한 등수 앞선 친구를 더 질투했다. 이유를 생각해보니 전교 1등인 친구는 자기가 아무리 노력해도 넘을 수 없는 존재이기 때문이었다. 마찬가지로 엄마는 자기 집보다 더 비싼 아파트로 이사 가는 이웃에게 배 아픈 적은 있어도, 삼성전자 회장인 이재용에게 배 아픈 적은 없었다. 이재용 회장은 어마어마한 부자여서 엄마가 평생 동안 월급을 한 푼도 쓰지 않고 모아도 이길 수 없는 존재였으니까.

엄마는 아들을 아무도 넘볼 수 없는 존재로 만들고 싶었다. 그러면 누구도 아들과 경쟁하려 들지 않을 테고, 아들도 경쟁 때문에 상처받는 일이 없으리라 믿었다. 아들에겐 그만한 자질도 있어 보였다. 아들은 취학 전부터 영어

덜 싸우고 덜 상처받는 전략

와 수학 선행 학습 학원은 물론 수영, 태권도, 미술, 피아노 등 예체능 학원까지 섭렵했다. 엄마의 초격차 전략은 처음엔 통했다. 아들이 초등학교에 입학하자마자 다른 학생들보다 압도적으로 뛰어난 학업 성적을 보여줬으니 말이다. 같은 반 학부모들은 엄마에게 비결을 물으며 부러워할 뿐 아들을 질투하진 않았다.

하지만 초격차 전략은 얼마 지나지 않아 힘을 잃었다. 아들과 다른 학생들 사이의 아득해 보였던 학습 격차는 불과 한 학기 만에 상당 부분 메워졌다. 아들은 2학년으로 올라간 뒤에도 우수한 성적을 유지했지만 1학년 때처럼 압도적인 기세를 보여주진 못했다. 엄마에게 초격차 비결을 묻던 학부모들은 은근슬쩍 비웃음을 흘렸다. 엄마는 초격차 유지에 집착하며 아들의 선행 학습 강도를 높였다. 그럴수록 아들은 점점 더 무기력해졌고, 다른 학생과의 학습 격차가 좁혀지는 속도도 빨라졌다.

의사는 엄마에게 "몸이 힘들면 호기심이 떨어지고 매사에 의욕이 없어진다" "창의력은 심심할 때 생긴다"라고 조언했다. 사교육을 중단하면 아들의 학업성적이 떨어질 거라고 불안해하던 엄마는 시민 단체 '사교육고민없는나라(사고나)'의 활동에 주목했다. 사고나는 교과 내용 축소, 대학수학능력시험 무력화, 수시 확대, 자율형사립고등학교 폐지 등을 주장하며 교육 현장에 파란을 일으키고 있었다. 엄마는 사고나의 주장이 실현되면 아들에게 유리한 세상이 만들어지리라고 기대했다. 사교육이 사라지면, 공교육의 테두리 안에서 다른 학생보다 똑똑한 아들이 자연스럽게 초격차를 유지하는 우등생이 될 거라고 말이다.

엄마는 사고나에서 열성적으로 활동하며 임원 자리까지 올랐다. 아들은 학원을 끊은 뒤에도 초격차를 방불케 할 만큼 우수한 성적을 유지해 학부모 사이에서 다시금 화제를 모았다. 엄마는 여러 언론 인터뷰를 통해 "똑똑한 아이들을 경쟁 속에서 망치면 안 된다"라고 열변을 토했다. 그랬던 엄마의 입에서 두리고 입시 전문 학원을 찾아보자는 말이 나오자, 아들은 이해할 수 없다는 듯 표정을 찡그렸다.

"엄마는 사고나에서 활동하고 있잖아? 내가 사교육받는 거 알려지면 사고 나!"

"작곡 레슨은 사교육이 아니니?"

아들은 엄마의 반문에 우물쭈물했다. 엄마의 목소리가 부드러워졌다.

"엄마가 반대하는 사교육은 자식이 원하지 않는데 억지로 시키는 사교육이야. 네가 원하는 걸 배우는 데 필요한 사교육까지 반대한 적 없어."

"나는 두리고 입학을 원한 적이 없는데? 진짜 그러다가 사고 나면 어떡해?"

엄마의 얼굴이 잠시 굳어졌다가 다시 풀어졌다.

"음악으로 성공하고 싶지?"

"응."

"방탄소년단을 만든 방시혁이 어느 대학을 졸업했는지 아니? 서울대학교야. 전공은 음악과 상관없는 미학과. 엑소를 만든 이수만은? 방시혁처럼 서울대학교 출신이야. 네가 좋아하는 안테나뮤직 대표 유희열도 서울대학교 출신인 거 알지? 그뿐일까? 네가 보는 기타 교본을 쓴 기타리스트 이정선도 서울대학교를 나왔어."

"그래도 작곡을 배우려면 실용음악과에 가는 게……."

엄마는 아들의 말을 끊고 목소리를 높였다.

"네 말대로 실용음악과에 갔다고 치자. 그런데 만약 음악으로 성공하지 못하면 뭐 할 건데? 매년 실용음악과를 졸업하는 학생이 몇 명인 줄 아니? 걔들 몇 명 빼고 다 백수야. 그런데 서울대학교를 나오면! 음악으로 성공하지 못해도 다른 길이 생긴다니까? 든든한 보험이야. 음악 말고 다른 공부도 하니까 더 좋은 음악을 만들 수 있는 교양도 쌓이고. 방시혁, 이수만이 괜히 성공한 줄 아니?"

아들이 한숨을 깊이 내쉬었다.

"엄마…… 나는 그냥 작곡을 배우고 싶을 뿐이야."

엄마가 아들의 두 어깨를 붙잡았다.

"두리고는 교육 환경이 좋아서 서울대학교 진학률도 높다더라. 입학만 하면 사교육이 전혀 필요 없대. 게다가 수업과 동아리 활동만으로도 레슨 없이 악기 연주와 음악을 배울 수 있다고 들었어. 너도 그런 걸 원하지 않니?"

아들의 표정이 금방이라도 울 듯 일그러졌다.

"내가 원하는 건 두리고와 서울대학교가 아냐."

아들의 어깨를 붙잡은 엄마의 손에 힘이 들어갔다.

덜 싸우고 덜 상처받는 전략

"너는 꼭 두리고와 서울대학교를 원해야 해. 그래야 네가 원하는 걸 하면서 덜 싸우고 덜 상처받는다니까? 너 지금 뭐 하는 거니? 엄마가 말하는데 어디서 버릇없이 눈을 감고 귀를 막니?"

대치골 허생전

최 영

전국연합학력평가 답안지

도 3월 고3
시/탐구영역
(사회/과학)
고동학교

최영

2019년 장편소설《로메리고 주식회사》로 수림문학상을 받
으며 작품 활동을 시작했다. 중편 메타픽션《춘야(春夜)》,
번역서《골든룰》《4차 산업혁명의 충격》등이 있다.

허생은 대치골에 살았다. 곧장 한강을 건너 양재천 근처에 닿으면 오래된 아파트 단지가 서 있고, 그 아파트 단지를 향하여 철제문이 열렸는데, 두어 칸 빌라는 비바람을 겨우 막을 정도였다. 그러나 허생은 글 읽기만 좋아하고, 그의 처가 명품이라 일컫는 호사품의 수선 품을 팔아서 입에 풀칠을 하였다.

하루는 처가 울음 섞인 소리로 말했다.

"당신은 평생 고시를 보지 않으니 글을 읽어 무엇 합니까?"

허생이 웃으며 답했다.

"나는 아직 공직에 나아갈 만큼 독서에 익숙하지 않소."

대치골 허생전

"그럼 의전원 시험이라도 보지 못하시나요?"

"나는 주삿바늘만 봐도 기겁하거늘 어찌 의원이 될 수 있겠소?"

"그럼 변시라도 보지 못하시나요?"

"문송할 따름이오."

처는 왈칵 성을 내며 소리쳤다.

"밤낮으로 글을 읽더니 대답으로 기껏 '못 한다'는 소리만 배웠단 말씀이오? 의원도 못 한다, 변리사도 못 한다, 하면 로스쿨에 진학해서 변호사 자격이라도 못 따시나요?"

허생은 읽던 책을 덮어놓고 일어났다. "아깝다. 내가 당초 글 읽기로 십 년을 기약했는데, 인제 칠 년인 것을……" 하고는 문밖으로 휙 나가버렸다.

허생은 거리에 서로 알 만한 사람이 없었다. 바로 은행을 찾아가 주택 담보 대출을 신청했다. 조건이 애매하였지만 허생의 기개에 감복한 지점장 변씨가 대출을 승인하였다. 얼마 후 대출된 돈을 들고 허생은 곧바로 신도시 모처로 가서 학원을 차렸다. 그의 현란한 강의술은 사방으로 소문이 났고, 일타강사인 허생의 강의를 듣기 위해 전국에서 학생이 몰려들었다. 또한 허생의 학원에는 '진로 상담' 강좌가 특화되어 있었는데, 이 강좌는 학생이 아닌 학부모를 대상으로 하였다.

하루는 의대진학반의 학부모 부부가 개별 진로 상담 쿠폰을 끊었다. 그리하여 허생과 은밀히 구석진 상담실에서 대면하였다. 아이의 모친이 말을 꺼냈다.

"저희 애가 머리가 나쁜 것 같지는 않은데⋯⋯."

"머리 나쁜 아이가 따로 있단 말씀입니까?"

허생의 반문에 아이의 부친이 대답했다.

"똑같은 시간을 공부해도 성적이 달리 나오는 까닭은 머리 때문이 아닐는지요? '공부머리'라는 말 또한 있지 않습니까?"

"부형께서는 진돗개에 대해 어떻게 생각하시는지요?"

뜬금없는 개 이야기에 당황한 채로 아이의 부친이 응답하였다.

"글쎄요. 천연기념물이고 충성심 강하고 영리한 개라고 알고 있는데요."

"그렇게 영리한 개가 왜 몸값이 높기로 소문난 군견이나 경찰견 테스트에서는 죄다 탈락하는 것입니까? 상징적인 의미로 2015년에 진돗개 두어 마리를 군견으로 등록한 예외적인 경우가 있었다고는 하지만요."

"듣기로는 진돗개의 충성심이 남달라서 군견이나 경찰견을 관리하는 핸들러가 전역하거나 보직 이동하는 경우 다루기가 힘들어진다고 하던데요."

"그것은 진돗개의 충성심을 강조하기 위한 지엽적인 이유에 불과합니다."

이번에는 두 사람을 물끄러미 지켜보던 아이의 모친이 자세를 가다듬으며 허생에게 물었다.

"그렇다면 영리한 진돗개가 군견이나 경찰견이 되지 못하는 이유는 무엇입니까?"

"바로 체력과 집중력 때문이지요."

"집중력이요?"

"그렇습니다. 정찰과 추적과 수색 임무를 수행하기 위해서는 고도의 체력과 집중력이 필요하지요. 그래서 집중력을 유지할 수 있는 스트레스 관리 능력이 뛰어나야 어려운 임무를 능히 소화할 수 있습니다. 진돗개는 영리할지는 모르나 체력이 아주 뛰어나다고는 말하기 어렵고, 게다가 주의가 산만하여 수색이나 추적 임무를 수행하는 도중에도 복슬복슬한 토끼를 보면 맡은 임무는 제쳐놓고 토끼를 쫓아가기도 하며, 신경이 예민하여 소위 기분파로서 그날그날 기분에 따라 임무 수행 결과가 달리 나오기 때문에 군견이 되기 어렵습니다. 진돗개의 영리함은 부여된 임무 자체에 대해 '왜'라는 의문을 품게 만들기 때문에 오히려 방해 요소만 될 뿐입니다. 그래서 체력과 집중력이 강한 저먼 셰퍼드나 벨지안 말리누아가 군견이나 경찰견의 대부분을 차지하는 것이지요. 부여된 임무에 대해 의문을 품지 않고 끝까지 해내니까요."

"그렇군요."

부부가 동시에 고개를 끄덕였다. 허생이 말을 이었다.

"사람도 이와 같습니다."

"네에? 사람도 개와 같다고요?"

"그렇습니다. 사람도 개와 같습니다. 학습에 있어 체력에 해당하는 암기력과 더불어 집중력이 학교 성적을 좌우

하는 요체라 할 수 있습니다. 왜 대치골 같은 강남 지역 학생들의 학업 성적이 뛰어난 줄 아십니까?"

"그야, 아무래도 강남 지역에는 전문직에 종사하는 머리 좋은 부모들이 많이 거주하니까, 그 머리를 물려받아서 그런 게 아닐까요? 한마디로 유전의 힘이라 생각하는데요."

"한심한 말씀이십니다."

"뭐라고요?"

아이의 부친이 발끈했으나 허생은 무표정하게 자리에서 일어나 창가로 걸어간 다음 뒷짐을 지고 말했다.

"소득 수준이 높은 가정의 아이가 학업 성적이 우수한 이유는 다른 아이들보다 스트레스를 덜 받기 때문임을 아직도 모르겠습니까? 한마디로 학업에 집중하기 좋은 여건이 갖춰져 있다 하겠습니다. 학교 공부를 잘하고 못하고는 지력이 아니라 의지력, 머리가 아니라 엉덩이에 달려 있습니다. 유전적인 부분이 있다면, 좋은 머리를 물려받은 것이 아니라 좋은 엉덩이를 물려받았다고 해야겠지요."

"조금 더 가르침을 주시기 바랍니다."

부친의 어투가 공손해졌고, 허생은 다시 자리로 돌아

가 앉았다.

"사람에게 가장 빈번하게 스트레스를 주는 요인이 무엇이라고 생각하시는지요? 바로 돈입니다. 돈 때문에 가정 내에 불화가 생기고, 그 불화가 아이의 정서에도 영향을 끼치는 것이지요. 부모가 돈 때문에 허구한 날 싸우는데 자녀가 공부할 맛이 나겠습니까? 게다가 있는 집 아이는 '등골 브레이커'도 척 하니 사 입지만, 없는 집 아이는 친구들이 다 입는 브랜드 의류를 사려고 해도 부모의 눈치를 봐야 하니 그 어찌 스트레스가 아니라 하겠습니까? 이러한 스트레스가 의지력을 고갈시키고, 공부할 의욕을 떨어트리는 것입니다."

세 사람이 마주 앉은 테이블 사이에 잠시 침묵이 흐른 뒤, 허생이 도포 소매에서 주섬주섬 두루마리를 꺼내었다. 그러고는 테이블 위에 펼쳤다.

"이것이 무엇입니까?"

"쉿!"

허생은 복도 쪽으로 난 작은 창문을 살펴 주변에 아무도 없음을 확인한 후에도 마음이 놓이지 않았는지, 양손으

로 손짓하여 학부모를 테이블 중앙에 가까이 오도록 하였
다. 그리고 나지막하게 말했다.

"이 권축장은 '근본 암기법' 교재입니다. 혹시 들어본
적이 있으십니까?"

"오호라! 이것이 바로 말로만 듣던 의대 진학의 비책
중의 비책이라는 교재이군요. 이렇게 직접 보게 되다니!
한번 손대어봐도 될는지요?"

허생이 고개를 끄덕이자 부부가 번갈아가며 두루마리
의 표지를 조심스럽게 손끝으로 훑었다. 빛바랜 한지로 된
표지 귀퉁이에는 '靑出於藍'이라는 글자가 예서체로 쓰여
있었다.

"저희가 한글 전용 세대이다 보니 한자에 약합니다. 뭐
라고 쓴 것인지요?"

"'청출어람'이라는 글자입니다. 근본 암기법을 익히면
킬러 문항과 같은 난해한 문제를 만든 학원 강사보다 문제
풀이에 더 뛰어나게 된다는 의미입니다."

"어찌 그럴 수가 있습니까? 문제를 만든 사람보다 문
제를 더 잘 푼다니요?"

허생이 상체를 뒤로 젖혀 파안대소하며 대답하였다.

"하하하. 문제 출제자는 이해를 바탕으로 출제하지만 문제의 정답을 맞히는 일은 암기를 바탕으로 하기 때문입니다. 자료를 찾아볼 수 있는 오픈 북 시험이 아니고, 문제를 푸는 시간이 제한된 이상 이해는 암기를 이기지 못합니다. 셰익스피어의 희곡《맥베스》에 나타난 인간 심연을 이해하지는 못해도 거기에 나오는 영어 단어는 빠짐없이 외울 수 있습니다. 라마누잔의 함수를 이해하지는 못해도 공식을 산출하는 과정은 외울 수 있습니다. 이것이 바로 '시험의 도(道)'라는 것입니다. 공부에는 왕도가 없지만, 시험에는 왕도가 있습니다. 입시는 공부를 하는 것이 아니라 시험을 준비하는 것입니다. 그럼에도 많은 수험생이 시험을 준비하기 위한 암기에 매진하지 않고, 순수한 공부를 위한 이해에 매진하고 있으니 안타까울 따름입니다."

"얼마입니까?"

학부모 두 사람이 동시에 외쳤다. 허생은 짐짓 무심한 표정을 짓더니 "그 부분은 상담실장과 말씀을 나누시지요"라고 대답하였다. 크게 깨달은 바가 있었는지 아이의 부모는 거듭 고개를 숙이며 상담실에서 물러났다.

일다경이 지나고 상담실장 장윤이 상담실 문을 빼꼼히 열었다. 허생이 들어오라고 손짓하자 장윤이 맞은편 자리로 가 앉았다. 학부모가 남긴 차가 아직 완전히 식지 않아서 찻잔을 치우는 장윤의 손으로 온기가 전해졌다.

"학부모가 탄복하며 돌아갔습니다."

허생은 장윤의 말에 묵묵부답으로 있더니 깊은 숨을 내쉬었다.

"어인 한숨이십니까?"

"진돗개는 진돗개답게, 푸들은 푸들답게 살아야 하는데, 진돗개도 푸들도 리트리버도 모두 셰퍼드로 만드느라 헛된 시간만 보낸 것 같구나."

장윤이 주억거리며 화답했다.

"참된 공부는 등한시하고 죄다 요령만 암기만 하고 있으니 교재를 팔면서도 자괴감을 느낄 때가 많습니다."

"암기가 무조건 잘못이라는 게 아니다. 암기력이야말로 공부에 있어 기초 체력과 같으므로 중요하다. 특히 의사나 변호사와 같이 시간이 제약된 상황에서 방대하고 복

118

잡한 사례를 면밀히 파악한 뒤 그와 관련한 지식을 정확히 적용시켜야 하는 업무를 수행하는 사람은 고도의 암기력이 필수이고, 따라서 시험 성적이 우수한 사람이 적성에 맞는 직종이다. 하지만 기초의학이나 법학을 연구하는 것처럼 학자로서 공부 자체에 매진하는 일은 다른 문제인 것을 사람들이 모르니 오호통재라. 해마다 가을만 되면 노벨상 타령을 하지만, 결국 노벨상도 응용 학문보다는 기초과학 같은 순수 학문 위주로 수여하는 것을……."

허생이 눈을 지그시 감았다. 그리고 팔짱을 낀 채로 한참 동안 생각에 잠기었다. 장윤이 허생 앞에 놓인 찻잔까지 마저 치우려는 순간, 갑자기 허생이 자리에서 벌떡 일어나더니 크고 굵은 목소리로 외쳤다.

"아무래도 학원을 팔아야겠다."

장윤은 허생의 표정과 목소리에서 단호함을 읽은 후 아무런 말도 하지 못했다.

학원 매각 작업은 일사천리로 진행되었다. 허생은 학생 숫자에 대한 영업 권리금도, 학원 위치에 대한 바닥 권리금도, 심지어 학원 인테리어에 대한 시설 권리금도 받지 아니하고 자신의 학원 강사들 중 장래의 목표가 건물주 아닌 유일한 사람에게 학원을 헐값에 넘겼다. 허생은 강의료와 교재비로 벌어놓은 돈이 이미 백만 냥이었다.

학원 정리 후, 허생은 나라 안을 두루 돌아다니며 가난하고 의지할 곳 없는 사람들을 구제했다. 그러고도 은이 십만 냥 남았다.

"이건 은행에 갚을 것이다."

허생이 은행으로 가서 지점장을 보고 "나를 알아보시겠소?"라고 묻자, 지점장 변씨는 놀라 말했다.

"그대의 안색이 조금도 나아지지 않았으니, 혹시 만 냥을 실패보지 않았소?"

허생이 웃으며 "재물에 의해서 얼굴에 기름이 도는 것은 당신들 일이오. 만 냥이 어찌 도를 살찌우겠소?"라고 답한 뒤 십만 냥을 변씨에게 내놓았다.

"내가 하루아침의 주림을 견디지 못하고 글 읽기를 중도에 포기하고 말았으니, 당신에게 만 냥을 빌렸던 것이 부끄럽소."

변씨는 본래 예조 관원인 이완과 잘 아는 사이였다. 이완이 당시 예조참판이 되어 변씨에게 위항이나 여염에 혹시 '사교육과 경쟁 교육의 폐단'을 해결할 만한 인재가 없는가를 물었다. 변씨가 허생의 이야기를 하였더니 이완이 깜짝 놀라면서 "그이는 이인이야. 자네와 같이 가보세"라고 말했다.

밤에 이완은 수행 비서들도 물리치고 변씨만 데리고 허생을 찾아갔다. 변씨는 이완을 문밖에서 기다리게 하고 혼자 먼저 들어가, 허생에게 이완이 몸소 찾아온 연유를 이야기했다. 허생은 못 들은 체하고 "당신이 갖고 온 싱글몰트위스키나 어서 이리 내놓으시오"라고 말했다. 그러고는 즐겁게 술을 들이켜는 것이 아닌가. 변씨는 이완을 밖에 오래 서 있게 하는 것이 민망해서 자주 말하였으나, 허생은 대꾸도 않다가 야심해서야 비로소 손을 부르게 하였다.

이완이 방에 들어왔건만 허생은 자리에서 일어서지도 않았다. 이완이 몸 둘 곳을 몰라 하며 나라에서 어진 인재를 구하는 뜻을 설명하자, 허생은 손을 저으며 막았다.

"밤은 짧은데 말이 길어서 듣기에 지루하다. 너는 지금 무슨 벼슬에 있느냐?"

"참판이오."

"그렇다면 너는 조정의 신임을 받는 인사로군. 내가 와룡 선생 같은 이를 천거하겠으니, 네가 조정에 아뢰어서 삼고초려하게 할 수 있겠느냐?"

이완은 고개를 숙이고 한참 생각하더니 "어렵습니다. 제이(第二)의 계책을 듣고자 하옵니다"라고 대답했다.

허생은 "나는 원래 제이라는 것을 모른다"라고 말하며 외면하다가, 이완의 간청에 못 이겨 말을 이었다.

"결국 사교육과 경쟁 교육이 문제되는 것은 대학 입시 때문이 아니겠는가? 대학이 없다면 입시도 없을 것이고, 입시가 없다면 경쟁 교육도 없고, 사교육을 받을 필요가 없을 터이니, 너는 조정에 청하여 대학 제도를 금하는 명을 내리도록 할 수 있겠느냐?"

이완은 또 머리를 숙이고 한참을 생각하더니 "아무래도 어렵습니다"라고 대답했다.

"이것도 어렵다, 저것도 어렵다 하면 도대체 무슨 일을 하겠느냐? 가장 쉬운 일이 있는데, 네가 능히 할 수 있겠느냐?"

"말씀을 듣고자 하옵니다."

"무릇 천하에 대의를 외치려면 먼저 사교육과 경쟁 교육의 핵심이 무엇인지 밝혀야 하는 법이니, 그 핵심은 바로 '획일적인 상대평가'에 있다. 피겨스케이팅 선수와 역도 선수를 동일한 잣대로 평가하여 등수를 매기는 데서부터 비극이 시작되는 것이다. 획일적인 상대평가를 완화해 보겠다고 도입한 수시 전형마저 비리로 얼룩져 사람들에게 신망을 잃었으니 참으로 진퇴양난이 아니더냐. 그러니 아예 교육의 '본(本)'으로 돌아가 다른 아이와의 비교 없이 한 아이의 학습 수준만을 '그대로' 평가함이 옳다. 그대로 평가함이란 바로 절대적으로 평가하는 것이다. 성취 기준을 미리 '수·우·미·양·가' 다섯 등급으로 나눈 뒤 그 아이가 어디에 해당하는지만 밝히면 되니 이 어찌 간편하고 합리적인 방안이 아니라 하겠느냐? 대학 입시 또한 공동 입시제를 시행하여 인문 사회 계열은 국어·사회 성취도가 우수한 학생이, 이공 계열은 수학·과학 성취도가 우수한 학생이 학교와 학과를 삼세번 지망하면 추첨을 통해 배

정하는 것이다. 그리하면 원하는 학과는 학업 성취도 절대
평가에 따라, 원하는 대학은 운에 따라 갈리는 것이니 대
학 서열화라는 폐단을 근본적으로 방지할 수 있다."

이완은 힘없이 말했다.

"대학은 학생들의 성적 변별을, 학생과 학부모는 대학
의 평판 변별을 원하는데 누가 추첨을 통한 대학 입시를
반기겠습니까?"

허생은 크게 꾸짖어 말했다. "도대체 대학이 무엇을 하
는 곳이란 말이냐? 오랑캐 땅에서 자칭 명문이라 뽐내다
니, 이런 어리석을 데가 있느냐? 잘 가르치는 게 아니라
잘 뽑는 것을 명문의 예법이라 한단 말인가? 학벌 사회
의 문제는 입학은 어렵고 졸업이 쉬운 데 있다. 그래서 졸
업장보다 합격증을 더 알아주고, 이름 있는 대학의 중퇴
는 학력이 되는 반면 오히려 편입생은 차별하는 기현상이
벌어지는 것이다. 심지어 대학원을 졸업하고 석박사 학위
를 받아도 결국 '학부는 어디 나오셨어요?'라는 질문을 받
는 것이 나라의 현실이다. 입학과 편입과 전과가 쉽고, 반
대로 졸업이 어렵도록 만들어야 한다. 그래야 진로에 유동

성이 생기고, 사회에 효율이 돌고, 나라에 활력이 생길 수 있다. 번오기는 원수를 갚기 위해서 자신의 머리를 아끼지 않았고, 무령왕은 나라를 강성하게 만들기 위해서 되놈의 옷을 부끄럽게 여기지 않았다. 이제 교육을 바로 세우겠다 하더니, 그까짓 절대평가 제도 도입과 대입 제도 개편을 관철시키지도 못하면서 백년대계를 입에 담는단 말이냐? 내가 세 가지를 들어 말하였는데 너는 한 가지도 행하지 못한다면서, 그래도 신임받는 공복이라 하겠는가? 너 같은 자는 혼이 좀 나야 한다" 하고 좌우를 돌아보더니 무언가를 집어 들었다. 이완은 급히 현관으로 뛰쳐나가 도망하여 돌아갔다.

이튿날 다시 찾아가보았더니 집이 텅 비어 있고, 허생은 간 곳이 없었다.

한 바퀴만 더

주원규

2020학년도 3월 고3 전국연합학력평가 답안지

국 어 영 역

국어영역

사/탐구영역
(사회/과학)
고등학교

성   명
(이건칸에 인쇄분리 기재)

수   험   번   호

학교번호

감독관
확 인

성 명
날 인

번호 및 선택과목
반드시 확인 후 표기가 정확
한지 확인
서명 또는 날인

주원규

2009년 장편소설 《열외인종 잔혹사》로 한겨레문학상을 받으며 작품 활동을 시작했다. 장편소설 《천하무적 불량 야구단》《무력소년생존기》《망루》《불의 궁전》《반인간 선언》《광신자들》《너머의 세상》《기억의 문》《크리스 마스 캐럴》《나쁜 하나님》《메이드 인 강남》《특별관리 대상자》《나를 모르는 사람들에게》《서초동 리그》《벗 은 몸》《제국의 사생활》, 청소년소설 《아지트》《주유천 하 탐정기》《한 개 모자란 키스》, 산문집 《황홀하거나 불 량하거나》, 평론집 《성역과 바벨》 등이 있다.

"한 바퀴만 더 돌아보자."

"아! 엄마, 지금이 몇 신줄 알아? 다 끝났어. 이젠 소용없다고."

"아직 안 끝났어. 한 바퀴만 더, 더 돌아보면……."

"한 바퀴 더 돈다고 소용없어. 엄마 때문에 난 루저가됐어. 이 모든 게 엄마 때문이야!"

그때였다. 규의 엄마 윤이 몰던 아직은 쓸 만하다고 믿었던 벤츠 C클래스의 엔진이 갑자기 꺼져버렸다. 한티역앞이었고, 학원 거리가 막 시작하는 초입의 사거리에서였다. 우회전하는 건널목 중앙에서 차가 딱 멈춰버렸는데,

한 바퀴만 더

윤은 정말이지 미쳐버릴 것만 같았다. 오래된 국산 차라면 시동을 다시 걸어보고 액셀러레이터라도 밟아보든지 뭐든 하겠는데, 전남편이 남기고 간 이 어중간한 가격대의 어중간한 보급형 독일 수입차는 달랐다. 벤츠 C클래스는 한번 전자 장비에 이상이 생기고 시동이 꺼져버리면 이후엔 답이 없다. 모든 게 부작동하는 차. 계기판 위의 붉은색 엔진 경고등만 깜빡거릴 뿐이었다. 붉은빛만 아른거리는 차 안은 경고등의 깜빡거림밖에 거슬릴 게 없었지만, 차 밖은 거의 아수라장이었다. 우회전을 기다리던 뒤차들이 2초에서 3초까지는 여유를 주었지만, 불과 5초가 지난 뒤부터는 인정사정 봐주지 않고 클랙슨을 울려댔다. 규는 기다렸다는 듯 소리쳤고, 순간 윤이 고개를 돌려 옆 좌석에 앉은 규를 바라봤다. 정확히는 규의 눈빛을 응시했다.

울상이 된 규의 얼굴을 보는 건 이상할 게 전혀 없었다. 거의 매일, 엄마와 아들이 서로에게 보여줄 수 있는 적당히 짜증 난 표정이 그랬으니까. 하지만 지금은 달랐다. 이상하고 낯설었다. 이유인즉, 이 순간만큼은 규의 얼굴이 아닌 규의 두 눈에 시선이 머물렀기 때문이다. 규의 눈시

울이 붉게 달아올라 있었다. 적절한 비유일지 모르겠지만, 금방이라도 모든 걸 태워버릴 기세로 타오르는 불꽃처럼 뜨거워 보였다. 규가 한 번 더 소리쳤다.

"아 씨! 또 꺼졌어. 차가 이런데, 어떻게 한 바퀴를 더 돌아? 이젠 진짜 소용없어."

"차에서 내리자, 일단."

"미쳤어? 차들 빵빵거리는 소리 안 들리느냐고!"

"안 내리면? 학원부터 가야지!"

"아! 글쎄 안 된다고! 모든 게 엉망이야!"

윤은 서둘러 운전석에서 내려 조수석에 앉아 있던 규의 손을 억지로 잡아끌었다. 규의 말대로 인도와 접한 3차선 도로에는 학원 수업을 끝내고 나올 자녀들을 기다리는 차량이 물샐틈없이 정차 중이었다. 차들은 여차하면 출발할 기세로 시동을 켜둔 채 대기 중이었는데, 윤의 벤츠가 건널목을 가로막아 통행을 방해한 것에 대한 항의로 클랙슨과 상향등을 기다렸다는 듯 난사했다. 평소의 윤이었다

한 바퀴만 더

면 틀림없이 망설였을 것이다. 강남 토박이가 아니던 그녀는 강남 대치동에 자리 잡았을 때부터 주변 사람들의 눈치를 볼 수밖에 없었다. 눈치 보는 게 어디 사람들뿐이었겠는가. 주차장의 고급 승용차들을 보기만 해도, 세련되고 담백한 디자인을 과시하는 편집 숍의 전시장을 보기만 해도 윤은 겁을 먹었다. 심지어 윤은 아무 생각 없이 몇 바퀴를 돌아도 전혀 상관없을 마트에서 가판대에 전시된 대파 한쪽만 봐도 지레 겁을 먹고 그것들, 소비재들의 과시에 주눅 들었다.

하지만 지금은 달랐다. 규의 금방이라도 울음을 쏟아 낼 것 같은 표정이 전달하는 가혹할 정도로 선명한 불안함이 윤을 행동하게 했다. 윤은 순간적으로 규의 손을 낚아채듯 꽉 잡았다. 이후 다급해진 윤이 하나뿐인 아들 규의 손을 잡고 학원 거리를 한 바퀴 돌기 시작했다. 한티역에서 시작하는, 이른바 대치동 학원 블록을 돌기 시작한 것이다. 걷는다는 표현이 부적절할 정도로 둘은 빠른 걸음으로 뛰다시피 했다.

규가 짜증 내는 건 당연했다. 윤의 행동이 녀석이 보기엔 매우 어설펐기 때문이다. 비단 이 순간만의 일은 아니었다. 규는 잘 알고 있었다. 엄마가 자신을 혼자 키우겠다고 나선 순간부터 자신의 인생에 큰 도움이 되지 않으리라는 걸. 단지 내색하지 않았을 뿐이다. 엄마는 어설프다고 입 밖으로 진실을 내뱉는 순간 윤의 정신이 와르르 무너져 내릴 것을 알았으니, 아무리 이기적이고 자신만 생각하는 성향인 규라고 해도 지켜야 할 선은 지켜야 한다고 믿었다.

윤은 규가 중학교 1학년이었을 때, 증권회사에 다니며 성과급 빼고 기본 연봉 1억 5000만 원을 받는 능력 있는 남편과 이혼했다. 남편이 강남의 유사 성매매 업소를 다닌 게 이혼 사유였다. 윤의 입장에선 충분히 헤어져야 할 이유가 된다고 확신했다. 사건이 터지고 난 뒤 처음 남편이 내뱉은 변명 섞인 몇 마디의 말에서 이미 절망해버렸기 때문이다. 남편의 말도 안 되는 변명은 전형적이었다.

진짜 바람을 피운 것도 아니고, 돈 주고 몇 번 한 걸로 너무

심한 거 아냐?

　　그때 윤은 남편과의 파탄 직전의 관계에 절망할 겨를
이 없었다. 본능적으로 아들을 지켜야 한다는 다급함이 그
녀의 마음을 옥죄었고, 그래서 그녀는 이혼을 결심할 수밖
에 없었다. 남편이 가진 여자에 관한 가치관, 더 나아가 남
편이 세상을 보는 관점은 지극히 비틀려 있었다. 윤이 느
끼기엔 분명 그랬다. 경쟁과 약탈, 다른 이의 재화와 기회
를 일부 빼앗거나 침해하지 않고서는 성공 내지는 최소한
의 생존조차 보장되지 않는다고, 그게 세상이라고 입버릇
처럼 말하던 게 남편의 가치관이었다. 윤은 남편의 일그러
진 생각에 규가 물들지 않아야 한다고 생각했다. 특히 돈
을 주고 술을 마시며 여자를 사고, 자신의 성욕을 채운 것
을 심각하지 않은 실수쯤으로 생각하는 남편과 규가 한순
간이라도 같은 공간에서 말을 섞고 함께 식사하도록 내버
려두면 안 되겠다고 결심한 건 윤이 대단한 여성주의자나
사회운동가여서는 아니었다. 그건 자신의 분신이라 할 수
있는 자녀를 지키고픈 엄마의 당연한 저항이었다. 그렇게

믿은 윤은 당연히 이혼을 요구했고, 당연히 규는 자신이 키우겠다고 말했다.

사람을 도구처럼 생각하는 남편이 유책 배우자였고, 무엇보다 자신의 출세 외엔 가족에 대해 별 관심이 없는 줄 알았는데, 윤의 생각과 다르게 남편의 양육권에 관한 집착은 지대했다. 둘 사이의 연을 끊는 이혼 절차는 허망하리 만치 신속하게 진행되었지만, 양육에 관한 주장은 첨예하게 충돌했다. 결국 둘은 소송까지 가야 했고, 1년이 넘는 재판을 통해 윤은 겨우 양육권을 쟁취할 수 있었다. 윤의 남편은 재판에서 패소한 직후, 진심으로 억울하다는 마음을 담아 윤에게 독설을 쏟아냈다.

"내가 잘못했다. 그래, 유책 배우자가 맞긴 한데, 너 지금, 후회할 짓을 하는 거야. 규는 내가 키워야 제대로 키울 수 있어."

"닥쳐, 키스방이나 다니는 주제에 무슨 할 말이 있어! 규는 내가 제대로 키워."

교육공무원으로 시작해 주민센터 사회복지사로 근무하는 윤은 자신만큼은 규를 제대로 키울 수 있을 거라 믿었다. 경쟁 위주의 사회에서 진정한 인성을 정성껏 가르치고 함께 배워가며 아이에게 바른 가치관을 길러줄 수 있으리라는 확신에 찬 시기도 분명 있었다. 하지만 윤의 소박한 희망은 비참할 만큼 빠른 속도로 무너졌다. 규가 중학교 2학년 때, 학교폭력 피해자가 되었다는 사실을 알게 되면서부터 붕괴는 시작되었다.

목소리가 큰 사람, 법의 맹점을 잘 파고드는 사람이 이기거나 최소한 무승부를 만들어내는 세상에서 가해자로 지목된 규의 동급생들, 그들의 부모는 학교폭력위원회 개최 이전부터 난리를 피웠다. 선생들이 자기 아이들의 인권을 제대로 보호해주지 못했다는 것이 야단법석의 이유였다. 그때 윤은 가해자들의 악성 민원에 시달리는 선생들을 보호하자는 차원에서 규를 설득해 전학을 결심했다. 그렇게 사건은 일단락되는 줄 알았다. 하지만 그건 윤의 순진한 착각이었다. 소위 8학군 지역의 고등학교에 진학했지만, 규를 향한 가해자들의 폭력은 계속되었다. 결국 윤은 아들을 아예 피신시키기로 했다. 8학군 학교를 그만두고 시골에 있는 대안학교를 가자는 제안을 꺼냈고, 실행에 옮겼다.

규는 딱 반년 동안 대안학교에서 안정을 찾았다. 하지만 이내 불안해졌다. 전남편과 몰래, 수시로 통화한 규는 전남편에게 무슨 말을 어떻게 들었는지 불안과 초조함을 극도로 느꼈고, 결국 더는 대안학교에 다닐 수 없다고 선포했다.

"어차피 대안학교에서도 검정고시를 볼 수밖에 없어. 그런데 검시를 볼 때 보더라도 여기선 절대 안 돼. 괜찮은 대학, 절대 못 간다고!"

"대학을 꼭 가야 해? 대학 가지 않고도 우리, 충분히 행복할 수 있어."

"말도 안 되는 소리 하지 마. 날 때리던 애들은 8학군에서 잘만 버티고, 킬러 같은 학원 수업에 킬러 같은 인터

넷 강의란 인터넷 강의는 다 듣는데, 난 이게 뭐야? 이게
뭐냐고!"

규가 고등학교 2학년이 되던 해, 결국 윤은 하나뿐인
아들의 의견에 굴복했다. '하나뿐인 아들'이란 점이 윤을
초조하게 했다. 대안학교 선생님은 절대 세속에 찌든 전남
편의 말에 넘어가면 안 된다고 했지만, 하나뿐인 아들, 그
'하나'가 잘못되면 어떡하지 싶은 불안이 지금까지 지켜온
윤의 소박한 행복을 우습게 짓뭉갰다.

그렇게 규는 다시 돌아왔다. 강남, 대치동으로.

8학군 학교로 돌아왔지만, 그걸로 끝난 게 아니었다.
오히려 규의 절망은 더욱 크고 깊어졌다. 규는 사정없이
윤을 원망하고 또 공격했다.

"검시 보는 것만 해도 불리한데, 이러면 수능으로 승부
보는 수밖에 없어. 그래도 이미 한참이나 늦었다고."

"EBS 보면 되잖아. 거기서 수능 문제 웬만하면 다 나

온다며?"

"엄마 미쳤어? 아님 바보야? 그걸 믿어? 뉴스하고 교육부에서 하는 말을 믿느냐고."

"뉴스하고 교육부 말을 안 믿으면 누구 말을 믿어."

"엄마, 장난해? 왜 이래? 이러면 진짜 끝장나는 거야. 웬만한 대학, 웬만한 유학, 웬만한 돈 있어도 열등, 패배, 나락 가는 게 기본인데, 대체 왜 이래? 왜 정신 못 차려?"

"……."

"엄마, 하나뿐인 아들한테 정말 이러고 싶어? 정말 이러려고 이혼했어? 처음부터 버티면 됐잖아. 끝까지 잘 버티면 됐는데, 왜 자퇴시키고, 대안학교에 보내고, 그 미친 짓을 왜 했느냐고! 왜!"

눈물이 핑 돌았다. 윤은 규의 비수 같은 말이, 가슴에 꽂히는 원망의 말이 야속하기만 했다. 하지만 그런 걸 따질 만큼 낭만적일 때는 이미 지났다. 지금은 무조건 규의 말을 들어줘야 했다. 규의 진심이 담긴 그 뜨거워진 눈시울을 감당할 자신이 없었기에 그랬다.

하지만 이조차도 허락되지 않았다. 인구수도 줄고, 출생률도 줄고, 아이들도 줄었다는데 규가 원하는 킬러 같은 학원에선 학생을 더 받지 않는다고 잘라 말했다.

우린 소수 정예입니다.

이 말은 순화된 말이다. 어떤 원장은 윤을 한심하게 바라보며 다음과 같이 말했다.

어머니, 외국어고등학교나 과학고등학교 출신이 아닌 대안학교 출신 애들은 안 받아요. 그건 우리 학원계의 상식이고 기본이에요. 지금 이런 얘기를 하는 저 자신이 다 창피해지네요.

울 것 같은, 아니 이미 마음으로 울고 있는 윤은 터질 것 같은 심장을 애써 추스르며 대치동 학원 거리를 미친 듯 돌아다녔다. 촘촘하게 설치된 CCTV, 가지런히 정돈된 상가 간판, 세련된 디자인의 고층 아파트, 수입차의 질서 있는 도열, 학생들의 단정하고 일사불란한 움직임, 이 모든 질서에 하나뿐인 아들 규가 소외되었다는 불안감이 앞섰다. 윤은 규의 손을 다시금 꽉 붙잡고 호소하듯 말했다.

"한 바퀴만 더 돌자. 응? 하나뿐인 아들, 한 바퀴만, 한 바퀴만."

민수의 손을 잡아요

지영

2017년 5·18문학상 신인상을 받으며 작품 활동을 시작했다. 장편소설 《사라지는, 사라지지 않는》, 앤솔러지 《귀하의 노고에 감사드립니다》《어제를 기억하는 여덟 개의 방식: AnA 4》이 있다. 수림문학상을 수상했다.

……사랑하는 수야, 오늘 하루는 어땠니? 엄마와 아빠는 너와 함께 올랐던 동네 뒷산에 다녀왔어. 힘들다며 안아달라던 너를 떠올렸고, 이렇게 낮은 산도 힘들다고 하면 안 된다고 혼냈던 걸 후회했어. 이겨내라고 다그치는 대신 잠깐 쉬다가 올라가면 되는데, 그럼 됐는데 왜 몰랐을까.

캐비닛 2-2-39876207 안으로 이제 막 도착한 메시지를 집어넣으려는데 더 이상 들어가지 않았다. 며칠 전 생성된 캐비닛이 벌써 가득 찬 듯했다. 계속해서 메시지는 찾아오고, 서둘러 내부를 넓히려는데 안에서 날카로운 비명이 들려왔다. 우당탕탕, 번잡스러운 움직임이 느껴지더

민수의 손을 잡아요

니 캐비닛이 활짝 열렸다. 누군가를 향한 메시지가 모이고 모여 '조각인간'이 빚어질 때가 있다, 지금처럼. 이번엔 작은 아이였다. 그런데 잠깐! 조각인간 2-2-39876207이 알아들을 수 없는 말을 했다.

"아아악! 속이 헐렁거려요."

"네? ……헐렁거린다니 그게 무슨 뜻이죠?"

"아이참, 제 말을 왜 못 알아들어요! ……근데 여긴 어디예요? 아저씨는 누구세요? 나는…… 나는 누구죠?"

여긴 죽은 자와 사라진 자를 향한 마음이 모여드는 곳.

수신자를 찾지 못해 떠도는 메시지가 잠시 머물기도 하고, 잘못 발송된 메시지가 긴 헤맴 끝에 마침내 도달하는 곳.

나는 이곳으로 모여드는 메시지를 정리하고 지키는 자, 때때로 메시지들이 빚어낸 존재와 마주하는 자. 그리고 너는, 겁에 질려 바들바들 떨고 있는 2-2-39876207은 그곳에서 사라진 자다. 자기 의지로 사라짐을 택했으나 자신을 향한 사람들의 마음이 모이고 모여 결국 빚어지고야만 조각인간이다.

그곳에서 죽은 자와 사라진 자에게 보내는 편지는 이곳의 메시지가 된다. 그리워하고 원망하는 마음 역시 메시지가 되고, 메시지들이 조각조각 달라붙어 조각인간을 만들어낸다. 이곳 어디에도 완벽한 조각인간은 없다. 그들은 듬성듬성 비어 있고, 있는 조각들마저도 어설프게 봉합되어 있다. 타인이 보낸 메시지가 빚어낸 존재이기에 처음부터 자신에 대해 온전히 기억하는 조각인간은 있을 수 없다.

그리하여 그들은 이름이나 살던 곳도, 좋아하던 것과 미워하던 것도 알지 못한다. 살아온 나날을 잊었고, 꿈꾸던 내일을 지운 채 나와 마주한다. 오늘 만난 작은 조각인간 역시 다를 바 없고, 그래서 자신이 누구인지 물을 수밖에 없다. 하지만 캐비닛 2-2-39876207에 메시지가 계속 들어온다면 아이는 조금씩 자신을 되찾을 것이다. 조각인간은 조각 속에서, 조각과 조각을 연결하여 자신이 누구인지, 또 어떻게 살아왔는지 기억해내니 말이다.

나는 손을 뻗어 아이의 조각을 어루만졌다. 조각에는 좋든 나쁘든 기억이 담겨 있기 마련인데 다정한 기억이면

민수의 손을 잡아요

좋으련만, 불행하게도 그럴 리는 없다. 자의로 사라짐을 택한 조각인간에게는 대개 슬프고 아픈 기억이 먼저, 또 더 많이 찾아오곤 했다. 아이의 것 역시 하나같이 심상치 않았다.

민수.

성은 민, 이름은 수.

엄마가 "야, 민수!"라고 부르면 이번엔 뭘 잘못했나 싶어 숨을 멈추고 눈만 깜박였던 너의 어제들. 한글을 외우지 못해 혼난 오전, 피아노 진도가 다른 애들보다 늦어서 혼난 오후, 밥을 조금 먹어서 안 크는 거라고 평생 '쪼꼬미'로 살 거냐며 혼난 저녁. 받아쓰기에서 50점을 받아 무서운 봄, 영어 학원에서 같이 시작한 친구들은 토킹반에 가는데 혼자만 파닉스반이라서 서글픈 여름, 학교 오케스트라에서 바이올린을 연주하고 싶은데 지금 시작하는 건 너무 늦었다는 말에 속상한 가을, 무슨 동에 사느냐는 선생님의 질문에 당당하게 '8동'이라고 대답했는데 애들이 깔깔 웃어대서 발표가 두려워진 겨울, 기쁨 없는 너의 계

절들. 고개를 깊게 숙인 수가 손바닥의 조각 하나를 어루만지며 말했다.

"와, 여기 제 사촌들이 있어요. 얘는 서유요. 저랑 동갑인데 작년부터 중학교 수학 하고요. 서아 누나는 의대진학반이래요. 저도 가야 하는데요. 그게 참 쉽지 않아요."

"수도 의사가 되고 싶습니까? 아픈 사람을 치료해주고 싶나요?"

"그거는 아빠 꿈이요. 의사가 되려면 수학을 잘해야 하잖아요. 전 수학이 너무 싫어요. 엄마가 이름은 수인데 수 감각이 없다고 막 뭐라 그랬어요. 수학 응용 편 문제집 푸는 거 세상에서 제일 끔찍해요. 영어 월말 테스트 준비도 밤 12시까지 했었는데 그냥 포기하고 싶었어요. ……사라지고 싶었어요."

무서움과 서글픔과 속상함과 두려움으로 채워진 작은 조각인간들이 있었다. 그렇다, 수가 처음도 아니었고 마지막도 아닐 터였다. 여덟 살, 열한 살, 열세 살, 열여섯 살의 아이들이 그곳에서 스스로 사라졌다. 이곳에서도 '회귀'와 '소멸' 중 하나를 골라야 할 때 후자를 택했고, 그렇게 영원히 사라졌다. 완전한 소멸이었다. 그곳에 남은 자신의 모든 것을 '무(無)'로 만드는 일이었음에도, 애초에 존재하지 않았던 존재가 되는 길이었음에도.

그곳의 작은 인간은 왜 사라짐을 택하는 걸까. 그곳은 어째서 아이가 스스로 사라지는 걸 지켜만 보는 걸까. 아니, 어쩌자고 그런 세상을 만든 걸까. ……나는 언제까지 조각난 아이를 만나야 하는 걸까.

조각을 어루만지던 수가 무언가 반가운지 배시시 웃었다. 엄마와 아빠 없이 혼자 있던 집에서 신나게 게임을 하고 유튜브를 시청하던 자신을 보는 것만으로도 즐거운 듯했다. 반가운 조각을 어루만지던 수가 이내 그대로 얼어버렸다.

"나 이제 공부해야 하는데…… 공부 안 하면 멍청해진다고 했는데…… 남들보다 뒤처지면 안 되는데…… 어휘부터 할까? 아니야, 독해 문제집 풀어야지. 아니야, 수학부터 해야 해."

작게 입속말을 하더니 아이는 제 몸을 이룬 조각 속에

서 무언가를 찾기 시작했다. 애써 찾아낸 수학 문제집은, 하지만 갈기갈기 찢겨 있었다. 조각에 손을 올리자 기억이 내게로 스며들었다. 빨간색 색연필로 표시된 X들을 보고 수는 엄마가 채점을 제대로 안 했다고, 문제가 잘못된 거라고 소리 질렀다. 옆에서 지켜보던 아빠가 억지 좀 그만 부리라며 문제집을 갈기갈기 찢어버렸다. 아이는 종잇조각을 붙이려 애썼지만 원하는 대로 되진 않았다. 애초에 조각으로 찾아온 기억이었다. 다시 만난 어느 주말 오후 앞에서 수는 잔뜩 움츠러들었다.

"아저씨, 저는요. 실수도, 실패도 싫어요. 그런 게 쌓이면 낙오자가 되는 거랬어요. 가난하게 살 거랬어요. 불행할 거라고요."

실수와 실패가 앞으로 나아가는 징검다리가 되는 것을 다른 조각인간들을 통해 지켜봤다고 말해주고 싶었으나 입을 다물었다. 결국 스스로 구해야 하는 답이었다. 주위로 침묵이 흐르는데 캐비닛 2-2-39876207이 덜컹거렸다.

……우리 같이 전기 놀이했던 거 기억나? 손바닥이 하얗게 되는 게 신기하다며 자꾸 해달라고 했잖아. 나이만큼 주먹 안 쥐면 전기 유령이 잡아간다고 했던 거, 그러니까 엄마와 아빠 손을 잘 잡고 자야 한다고 했던 거, 실은 이모가 너 놀리려고 거짓말한 거야. 이모는 수가 많이 보고 싶어. 어서 돌아오렴, 기다리고 있어.

"그때는요, 마음에 눈물이 가득 찼어요."

새 조각이 끼워지자마자 수가 울먹였다. 서둘러 등을 토닥이는데 어느 조각에 새겨진 아빠 목소리가 들려왔다. "하나를 보면 열을 안다고 이것도 집중을 안 해요." 전기 놀이를 할 때 나이만큼 주먹을 안 쥐어서 혼났지. 다음 날 8회 받아쓰기가 있었네. 시험 볼 때면 심장이 빨리 뛰고 땀도 잔뜩 흘렸구나. 며칠 전부터 준비했지만 또 50점을 받을까 봐서 일부러 주먹도 더 많이 쥐고 부모님 손도 안 잡고 저만치서 떨어져 잠들었지. 전기 유령님 저를 데려가세요, 하고 기도했네. 혼자서 많이 힘들었겠다.

우는 아이를 꼭 끌어안았는데 어깨 끝에 어느 날의 수

가 있었다. 콧물은 줄줄 흐르고 침 삼킬 때마다 목이 찢어질 듯 아팠는데도 수는 헤헤 웃었다. 학교에 안 가도 되니까, 구구단을 외웠는지 검사를 안 받아도 되고 받아쓰기 시험을 안 볼 수도 있으니까. 38.5, 39.1, 39.8, 40.3. 체온계 숫자가 올라갈 때마다 웃는 데에는 다른 이유도 있었다. 수의 세계에서 높은 숫자는 잘한다는 뜻이었다.

언젠가 만났던 작은 조각인간도 그랬다. 크면 다 좋은 거라고. 46보다 82가 좋고 105보다 145가 좋다고 했다. 가족이 기다리는 임대 아파트로 돌아가기 싫다던 아이는 왜 8등보다 1등이 좋은지는 이해하지 못하겠다는 말을 남기고 '소멸'을 택했다. 이번에도 그럴까. 이 아이 역시 그곳과 영영 이별하는 걸 선택하게 될까 봐서 나는 무섭고 서글프고 속상하고 두려웠다.

사라지지 마.

나는 아무런 힘이 없고, 그래서 마음으로 바랄 수밖에 없어.

민수의 손을 잡아요

사라지지 말라고 간절히 외치며 작은 조각인간을 더 세게 끌어안았다. 품에 안긴 아이가 눈물이 가득 찬 목소리로 물었다.

"아저씨가 전기 유령이에요? 제 소원 들어준 거예요? 특별한 능력이 있는 거죠?"

"전 언제부터 이곳에 있었는지, 언제까지 있어야 하는지도 모릅니다. 그저 찾아오는 메시지를 정리하고 지킬 뿐이에요. 아저씨로 보이나 본데 실은 나이도, 성별도, 이름도 없어요. 능력도 없고요."

그래서 소멸하겠다는 작은 조각인간을 단 한 번도 붙들지 못했다는 말을 애써 삼키는데 내 품에서 빠져나온 아이가 깔깔거렸다.

"아저씨도 무능력자! 나도 무능력자!"

눈물이 그렁그렁한 채로 쉴 새 없이 웃는 아이 앞으로 작은 조각 하나가 떠올랐다. 캐비닛 2-2-39876207에 도착한 메시지가 없었는데도! 나도 아이를 따라 환하게 웃었다. 가끔 조각인간 스스로 조각을 만들어내기도 했는데 그건 자신 안에 돌아갈 힘을 품고 있다는 의미였다. 이번

만큼은 소멸이 아니었다. 수가 빚어낸 작은 조각, 유쾌하고 해맑은 마음이 담긴 그것을 조심스레 봉합 부위에 올려놓았다. 그러자 상처가 아물기 시작했다. 천천히, 천천히. 조금씩, 조금씩.

……야, 민수! 네가 무의동 아니고 8동이라고 했을 때 내가 좀 많이 웃었다. 미안해. 난 요즘 〈포켓몬 GO〉 게임을 열심히 해. 네가 포켓몬이 된 거 같아서. 솔직히 말해. 너 포켓몬으로 변한 거 맞지? 전기 타입이야, 물 타입이야? 전기 타입이면 좀 멋지겠다! 암튼 기다려, 내가 너를 찾을게!

……수야, 안녕. 나 지난달 짝꿍 선율이야. 저번에 너 '영유' 출신 아니고 '얼집' 출신이라고 놀려서 미안해. 난 '체르니 40번' 치는데 넌 '고요한 밤' 친다고 놀린 것도 미안해. 수! 빨리 와라, 같이 축구하자.

찾아오는 메시지들로 캐비닛 2-2-39876207이 분주했다. 빈틈에 조각 '게임'이 놓이자 아이가 환하게 웃었다.

민수의 손을 잡아요

봉합 부위에 조각 '축구'가 스며들자 신이 나는지 몸을 들썩이기까지 했다. 숙제를 다 한 후 좋아하는 노래를 들으며 샤워하는 수, 젖은 머리를 흔들며 침대로 뛰어드는 수, 부들부들한 인형을 끌어안고 좋아하는 동화책을 읽는 수, 행복한 어제의 수들이 작은 조각인간에게 잘 스며들도록 토닥였다. 좋은 기억이 번져서 나쁜 기억이 조금은 덮일 수 있도록 살짝 쓸어줬다. 내 손길을 가만히 바라보던 아이가 입을 열었다.

"아저씨, 인간은 이름이 있어야 하잖아요. 제가 아저씨 이름을 생각해봤거든요. 그래서 말인데요. 무제 어때요? 전에 미술관에서 본 건데요. 제목이 없어서 생긴 제목을 무제라 하더라고요."

비록 인간은 아니지만 수로 말미암아 이름 없는 자는 '무제'가 됐다. 우리 주위로 그곳에서 보낸 메시지 조각과 아이 스스로 찾아낸 작은 조각이 떠올랐고, 작은 조각인간은 점점 더 채워졌다. 그럼에도 완벽하게 채워지진 않았다. 상처 역시 남아 있었는데 그곳에서 들여다보고 다독여야만 천천히, 조금씩 흐릿해질 터였다. 회귀한 조각인간을 돌보는 일은 그 자신과 그를 맞이한 이들에게 주어진 의무이기도 했다.

"무제! 여기도 좋지만 이제 집에 갈래요. 집에 가고 싶어요."

"돌아가면 산에 올라야 할 텐데요. 높고 높은 산일지도 몰라요."

"전 어린이니까 뒷산도 충분하다고요. 그리고요, 뒷산도 산이거든요!"

"영어 월말 테스트는?"

"흠, 쉽진 않겠지만 제 속도로 해볼게요."

"받아쓰기도 해야 하고 구구단도 외워야 하는데 진짜 간다고요? 잠깐, 7 곱하기 7은?"

"어, 7, 14, 21…… 윽, 저 속이 헐렁거려요."

아, 나는 이제야 수의 말을 알아챘고 서둘러 등을 다독여줬다. 자신만의 언어를 가진 조각인간 2-2-39876207과 헤어질 시간이었다. 아이의 손을 잡고는 손바닥을 탁탁 쳤고 손끝부터 잡아 줬다.

"만약에 실패하면 어쩌죠?"

민수의 손을 잡아요

"……다시 하면 되죠."

수가 숨을 들이켜더니 하얗게 변한 손을 굳게 쥐었다. 작고 작은 주먹이었다.

지옥의 온도

염기원

염기원

2015년 〈문학의봄〉 신인상을 받으며 작품 활동을 시작했다. 장편소설 《구디 얀다르크》 《인생 마치 비트코인》 《오빠 새끼 잡으러 간다》 《여고생 챔프 아서왕》 《블루아이》 등이 있다. 융합스토리 단편소설 공모전 최우수상, 황산벌청년문학상을 수상했다.

빛이 있으나 밝지 않았다. 지독한 안개에 싸여 있는 느낌이었다. 눈부신 터널을 통과한 후로 시간이 얼마나 흘렀을까. 이윽고 남자는 어떤 존재와 마주하고 있음을 희미하게 알 수 있었다. 아! 그가 짧게 탄식했다. 우리 민준이구나. 민준이 맞지? 세상에! 하나님, 감사합니다.

남자는 허리를 숙여 다시는 볼 수 없을 줄 알았던 아이와 눈높이를 맞췄다. 내 아들, 우리 아들 민준아. 다시는 볼 수 없을 줄 알았는데 이렇게 만나다니. 아이를 껴안으려 했으나 그가 뻗은 손은 허공을 갈랐다. 당황하는 남자를 향해 아이가 희미한 미소를 보이는 것 같았다. 여전히 시각으로는 눈 코 입조차 구분할 수 없고, 몸통 위에 달린

지옥의 온도

달걀형 형상을 얼굴이라 여기는 정도지만, 자신을 향해 웃는 느낌이었다.

마지막으로 본 아이의 모습은 아직도 선명하다. 25층에서 추락한 끔찍한 시신은 얼마 뒤 한 줌의 재가 되었다.

적응이 필요해요, 아빠. 아직 변성기가 지나지 않은 아이의 음성은 생전 아들의 것임이 분명했다. 아빠는 늘 내가 배울 게 한참 많다고 했는데, 웃기죠? 여기서는 아빠가 배워야 할 게 많아요.

아들의 목소리에 희미한 웃음이 묻어 있었다. 가만, 민준이의 웃는 모습을 언제 봤더라? 갓난아기 시절 이후로는 기억이 나지 않는다.

천국이 있었어. 역시, 그런데 민준아. 나는 지금 제대로 보이는 게 하나도 없어. 왜 아무것도 없이 텅 비어 있는 거니? 너무 흐릿해서 네 얼굴마저 눈에 들어오지 않아. 너도 아빠가 부옇게 보이니?

그의 말에 아이가 고개를 저었다. 아니요. 아빠 턱에 난 점까지 또렷이 보여요. 말씀드렸잖아요. 배울 게 많다니까요.

늘 부족해 보였던, 도무지 자신의 성에 차지 않았던 아이와 처지가 바뀐 게 남자는 조금 마뜩잖았다. 아니, 보는 법을, 그 당연한 걸 배우기까지 해야 한다고?

네, 지금 아빠 눈에는 안 보일 거예요. 제 뒤에 있는 자작나무 숲도, 회화나무 위에서 우리를 내려다보고 있는 동박새도. 그런데, 있잖아요.

그가 아이의 말을 끊었다. 있잖아요, 같은 말투 쓰지 말라고 했잖아, 아빠가. 그렇게 얘기했는데 아직도 그걸 못 고쳤구나. 그가 짜증 섞인 목소리로 말했다. 말하기 전에 머릿속으로 미리 논리를 따져보고 입을 열라고 했잖아. 있잖아요, 가 뭐니 있잖아요, 가. 어린애도 아니고.

아빠, 여기서 논리가 무슨 소용이 있을까요. 우리가 당연하게 생각했던 명제가 통하지 않는 곳이에요. 더 중요한 건, 있는 그대로, 예민하고 온전하게 느끼는 거죠. 지금 첨벙거리는 소리 못 들으셨죠? 아빠 뒤쪽으로 맑은 시냇물이 졸졸 흐르고 있거든요. 털에서 윤기가 나는, 부리가 유난히 노란 물오리 한 쌍이 방금 물에 들어갔어요. 그런데 아빠 표정은 별로 좋지 않네요.

아이의 말에 그는 팔짱을 끼며 짧고 굵은 숨을 코로 뱉고는 빠르게 말했다. 당연하지. 너 과학 약하잖아. 정작 시험에 나오는 중요한 건 제대로 외우지도 못하면서 자작나무니, 동박새니, 물오리니, 왜 그런 쓸데없는 거나 알고 있는 거니? 과외 선생이 그딴 거나 가르치디?

아이는 곧바로 답했다. 엄마가 알려줬어요.

쯧쯧쯧. 그는 혀를 세 번 차고 더 높아진 목소리로 말했다. 네 엄마도 그래. 아빠가 얼마나 힘들게 돈 버는지 뻔히 아는 사람이 애 성적에는 도통 관심이 없잖아. 그렇게 자식 교육에 신경 안 쓰는 여자가 강남에 몇이나 있겠니?

엄마 덕분이에요. 이번에도 아이는 망설임 없이 답했다.

뭐라고?

아빠가 나약한 인간은 아무것도 할 수 없다고, 더 강한 상대와 경쟁해서 이겨내는 것이 제일 중요하다고 했잖아요. 가난하고 게으르고 약한 것들과는 어울리지 말라 하셨죠. 그런데 엄마는 작고 약한 것을 사랑하라고 알려줬어요. 생명이 있는 모든 것, 어두운 밤하늘의 별과 달, 뺨을 스치는 바람에 경탄하라면서. 함께 산에 가고 공원을 걸을 때마다 꽃과 나무, 곤충과 조그만 동물들의 이름을 알려주셨어요. 엄마는 시인이잖아요.

시인? 시이인? 그게 시야? 감성적인 단어 몇 개 붙여 놓는다고 다 시가 되니? '물수능'에서도 언어 영역을 그렇게 틀렸던 인간이 무슨 시야. 그게 천박한 지적 허영이야. 정신적 사치라고! 심심하면 다른 집 여자들처럼 골프나 치러 다닐 것이지. 아빠가 말했잖아. 세상은 총성 없는 전쟁터라고. 너랑 네 엄마가 어떻게 대한민국에서 가장 좋은 아파트에 살 수 있었니? 아빠가 서울대학교 나왔으니까! 그 치열한 대치동에서 일타강사가 됐으니까! 난다 긴다 하는 집안 애들도 대기 번호를 받고 기다려야 들어가는 학원을 차렸으니까! 그러니까 가능했던 거잖아.

아빠, 말대답하는 거 같아서 죄송한데요. 아이가 한 호흡 쉬고 말을 이었다. 그래서 아빠 삶은 어땠는데요. 술 드시고 매일 늦게 들어오셨잖아요. 잔뜩 구겨진 표정으로요. 젊은 일타강사들이 자꾸 치고 올라와서 힘들다며 담배도 다시 피우셨잖아요. 엄마 아프고 나서는 앞으로 죽을 때까지 안 피운다고 약속해놓고선. 밤새 온라인 강의 찍는다고 하더니 그 수학 강사님 집에서 자고 온 적이 여러 번인 것도 알아요. 오피스텔에 스포츠카까지 다 아빠가 마련해주신 것도.

아니, 민준아.

아니요, 괜찮아요. 그 얘기는 중요하지 않고요. 아빠, 죽음 이후의 세계에서는 다른 사람과 자신을 비교할 필요가 없어요. 그러니 경쟁도 사교육도 필요 없죠. 여기는요, 약한 사람들이, 바보 같은 사람들이 인정받는 곳이에요. 웃기죠? 오로지 경쟁에서 이기는 게 삶의 목적이던 잘난 사람들이 여기서는 가장 불행하게 살아요. 쥐뿔 가진 것도 없으면서 멍청하게 남 돕는 일에나 신경 쓰는 사람, 아빠가 자주 하던 말이죠. 그런 한심한 사람들이 행복하게 사는 곳이더라고요.

천국이 아니었구나.

네?

천국이 아니었다고. 생각해보니까 그래. 너처럼 자살한 애가 있는 곳이 천국일 리가 없지. 아니, 그러면 내가 지옥에 왔다고? 나처럼 열심히 성수주일하고, 꼬박꼬박

십일조에 감사 헌금에 건축 헌금까지 내고, 방언 기도까지 하는 사람이? 가만, 아니지, 지옥이라면 영원히 식지 않는 불구덩이일 텐데. 여긴 제법 안온하구나. 그러면 연옥? 이런, 가톨릭이 옳았던 거라고? 민준아, 여기에 있다가 다른 곳으로 가는 거구나. 얼마나 있어야 하니?

아니요, 아빠가 있을 곳은 여기 맞아요. 영원히.

그러면 말해봐. 여기가 천국인 거 맞니?

그냥 우리가 살던 땅하고 똑같아요. 시공간 개념이 다르긴 한데 차차 배우게 될 거예요. 아, 아빠는 제가 지금 계속 아빠 눈앞에 있는 것 같죠? 아니에요. 저는 방금 동현이를 만나고 왔어요.

동현이? 박 집사 아들 말하는 거니? 내가 그런 애랑 놀지 말라고 했잖아. 아니, 개도 일찍 죽었다는 거니?

아이가 고개를 저으며 대답했다. 아니요. 오래오래 살았어요. 손자도 여섯 명이나 두었고요.

그게 무슨 소리니? 오래 살았다며 왜 벌써 여기로 왔어?

시공간 개념이 다르다고 했잖아요. 혼란스러우실 거 이해해요. 그런데 아빠, 저는 동현이가 가장 부러웠어요.

제가 학원을 뺑뺑 도는 동안 걔는 부모님하고 가게에서 함께 시간을 보냈잖아요.

그래, 그래서 아빠가 걔랑 놀지 말라고 한 거야. 못 배운 집안에, 공부도 못하고, 몸에서 냄새도 나고.

그런데요. 동현이네는 여기서도 온 식구가 함께 지내요. 교회 사람들 중에 보기 드문 케이스죠. 지금도 예전처럼 부모님과 즐겁게 지내요. 같이 산책하고 게임도 하고 그래요. 초등학교 때 엄마하고 걔네 식당에 종종 갔었거든요? 뭐가 그렇게 좋은지 부모님하고 하하 호호, 웃음이 끊이질 않는 게 참 부러웠어요. 강남에서 제일 잘나가는 학원 원장님보다 주방에서 땀범벅이 된 채로도 아들 얘기를 들어주고 친구처럼 놀아주는 아빠가 더 좋아 보였거든요.

아이의 말을 들은 남자가 조용히 생각에 잠기는 듯했다가 별안간 입을 열었다. 어? 잠깐, 그러면 엄마도, 네 엄마도 여기에 있다는 얘기잖아!

네, 이제 조금 적응하시는 거 같네요.

어디에 있는데? 네 엄마랑 할 얘기가 많단다.

글쎄요. 엄마가 아빠를 보고 싶어 할 것 같지 않은데요.

뭐라고? 그게 무슨 소리니?

아빠가 어떻게 돌아가셨는지도 알아요. 약과 술에 취한 상태로 차를 모셨잖아요. 그러다가……

민준아, 그게 말이야.

그 얘기는 더 안 할게요. 엄마가 사랑하는 분이 계세요. 저 땅에서는 함께 시를 얘기하는 동료이자 친구였죠. 지금은 바람이 솔솔 부는 언덕에서 서로에게 시를 들려주고 있어요. 엄마는 이곳에서도 시인이세요. 여기서는 예술하는 사람이 제일 행복하게 사는 것 같아요. 들꽃의 아름다움을 그리는 화가, 작은 생명에 감동하는 작가, 새들과 함께 소리를 빚는 음악가들 말이에요. 땅에서 사랑했던 것들을 이곳에서 다시 만날 수 있거든요.

*

시간이 흐르자 남자는 자기 눈에 있던 더께가 벗겨지는 느낌이 들었다. 서서히 주변이 보이기 시작했다. 민준아, 이제 보인다. 멀리 다른 사람들이 보여.

지옥의 온도

네, 그렇게 조금씩 적응하는 거예요. 그런데 서로 뒷모습만 보일 거예요.

뒷모습만?

네, 큰 틀에서 우리가 살던 저 땅과 크게 다르지 않다니까요. 그거 아세요? 아빠는 지금도 내내 제 뒷모습만 보고 계세요. 저는 아빠를 마주 보고 싶은데, 지금 제 표정을 보셨으면 좋겠는데.

왜 그런 거니? 그것도 적응이 필요한 거야?

아니요. 왜, 자신만 끔찍이 사랑하며 사는 사람들 있잖아요. 이곳에 와서는 누구보다 외롭게 살죠. 사랑하던 존재를 언제든 볼 수 있는 이곳에서도 욕망하던 대상의 허상만 보는 거예요. 누군가의 뒷모습이라든가 쓸 곳 없는 지폐라든가. 참 슬픈 건 아빠도 그런 사람이라는 거예요. 제 뒷모습 보는 걸 좋아하셨잖아요. 과외 선생님 앞에서 수업 듣는 뒷모습, 책상 앞에 앉아서 문제집 푸는 뒷모습, 휴일 오후에도 학원 가느라 현관문 열고 나가는 뒷모습 말이에요.

아빠는 너 하나 잘 키우겠다고 열심히 살았단다.

모르겠어요. 저는 그냥 만화 그리는 게 제일 좋았는데요.

그건 일단 명문 대학에 들어간 다음에 해도 된다고 했잖아.

명문 대학이요? 무슨 소용이 있어요. 고등학교 입학하기도 전에 죽었는데.

민준아! 그건 네가…….

학원을 다섯 개나 다니면서 성적으로 줄 세우는 것에 저는 완전히 지쳤어요. 정말 살 수가 없었다고요. 기계처럼 문제 푸는 게 죽기보다 싫었다고요. 명문 대학 나와서 뭐 해요? 있잖아요. 아니, 이런 말 쓰면 안 된다고 했죠. 명문 대학 나와서 좋은 직업 가진 사람 중에 이곳에 와서 행복하게 사는 사람은 거의 못 봤어요.

그래도 내가 다른 집처럼 너 숨도 못 쉬게 키우지는 않았다. 아빠가 그건 장담할 수 있어. 너 무슨 얼토당토않게 힙합 한다고 까불 때, 홍대니 이태원이니 아빠가 다 데리고 간 거 기억하지?

네, 그러고선 과외 선생님으로 래퍼를 붙여주셨죠.

그래, 그런 멋진 아빠가 또 있어?

지옥의 온도

그러면서 〈쇼미더머니〉 1차 탈락하면 앞으로 힙합의 힙 자도 꺼내지 말라고 하셨잖아요. 그런데 저는 그냥 랩이 좋았던 거예요. 다른 사람들하고 경쟁하고 싶지는 않았다고요. 제가 하고 싶은 이야기를 랩으로 표현하고 만화로 그리고 싶었어요.

야, 이 녀석아. 웹툰 작가는 무슨 공무원이니? 어느 바닥이건 다 치열한 경쟁이 있는 거야. 수많은 작가하고 경쟁해서 끝까지 이겨낸 놈만 살아남는 거잖아. 아무튼 그래서, 너 한 달도 못 버티고 랩 그만뒀잖아. 그 정도 정신으로 뭘 하니? 공부가 가장 쉬운 거라고 아빠가 늘 얘기했잖아. 너 다중지능검사 결과가 어땠어? 상위 0.1퍼센트에 들 만한 재능은 하나도 없다고 하잖아. 그런데 공부로는 그게 가능해. 넌 내 아들이잖아. 아빠한테 물려받은 머리를 가지고 쓸데없는 짓이나 하려는데 내가 참을 수가 있니?

참아주셔야 했어요. 기다려주셨어야 했어요.

뭐라고?

엄마가 그랬어요. 상대가 실패하고 방황하더라도 다시 돌아올 때까지 기다려주는 여백, 그게 사랑이래요.

그게 무슨 사랑이야!

엄마는 늘 저를 기다려줬어요.

네 엄마가 기다리는 건 잘하지.

저보다 늦게 오는 아빠도 기다려야 했죠. 엄마한테 약속하셨다면서요. 학원이 일정 궤도에 오르면 함께 시간을 보내며 천천히 살기로요. 그런데 그게 대체 언제쯤이라고 생각하신 거예요? 우리가 밤늦게까지 학원에 있는 동안 엄마 혼자 외로운 시간을 버티며 기다렸어요.

외롭기는, 다 한가한 소리지. 집에서 살림이나 하는 여자가. 그리고 너 대학 들어가고, 유학도 보내고, 결혼도 시켜야 하잖아.

저를 그런 것도 알아서 하지 못할 무능력한 사람으로 생각하셨군요.

아니지, 너를 사랑하니까. 다른 사람들과 비교도 할 수 없을 정도로 지원해주고 싶었으니까.

제게 필요했던 건 아빠와 함께 보내는 시간이었는데요?

답답한 소리 좀 그만해라. 이름만 말하면 다 아는 명품

지옥의 온도

아파트에 살면서, 명품 정장을 입고, 대한민국 최상류층도 쩔쩔매는 아빠가 좋아, 아니면 방 두 개짜리 빌라에 살면서 새벽까지 설거지하는 동현이네 아빠가 좋아?

아빠가 유능한 분인 건 저도 인정하고 존경스럽게도 생각했어요. 그런데 아빠 같은 분들은 도무지 남의 말에 귀를 기울이지 않아요. 아까 다 말씀드렸잖아요. 저는 동현이가 가장 부러웠다고요. 그리고 제 생각이 맞았던 것 같아요. 동현이는 이곳에서도 아빠와 함께 잘 지내잖아요. 저는 그렇게 못 하나 봐요.

그건 또 무슨 말이니?

이제 가야 해요. 저는 여기에 오래 못 있어요. 나중에 다시 만나요. 아빠가 저 다리를 건널 수 있기를.

아이가 가리키는 방향을 보니 좁고 긴 다리 하나가 놓여 있었다. 그 아래로 수많은 이가 서 있는 뒷모습이 보였다.

저 다리는 또 뭔데?

엄마하고 제가 있는 곳으로 건너갈 수 있는 다리에요. 건너오는 사람은 거의 못 봤지만.

네 말은, 너하고 네 엄마가 여기 말고 다른 곳에 있다는 거야? 그러면 아빠는?

그러니까요. 참 슬퍼요.

잠깐만, 네가 희미해지고 있어. 민준아, 민준아! 기다려, 잠깐만!

이건 제 의지가 아니에요. 안내자가 저를 부르고 있어요.

안내자가 누구니. 천사를 말하는 거야? 아니, 왜 다들 바보같이 다리는 안 건너고 멀뚱멀뚱 눈치만 보고 있는 거야?

저 다리는 너무 약해서 딱 한 사람만 건널 수 있거든요. 그런데 이곳에 있는 사람들은 절대 그렇게 못 해요. 누가 먼저 다리에 오르기 시작하면 그 사람을 끌어내리려고 너도나도 뒤를 따르거든요. 그러면 다리가 무게를 견디지 못하고 점점 가라앉아요. 웃기죠? 한 명씩 차례로 건너면 될 일인데요.

흐릿해지던 아이의 모습이 완전히 사라졌다.

홀로 남은 남자는 멍하니 다리를 바라보다 성큼성큼 그곳으로 향했다.

내가 누군데. 어떤 사람인데. 저까짓 녀석들 천 명, 만

175　　　　　　　　　　　　　　　　　　지옥의 온도

명이 있어봐라. 내 상대가 되나.

그는 아직도 자신이 있는 곳이 어디인지 알지 못했다.
온기가 있으나 따뜻하지 않았다.

지나간 일

전국연합학력평가 답안지

3월 고3

/탐구영역
(사회/과학)
고등학교

문경민

한 국 사
탐 란

성   명
(반드시 인쇄체로 기재)

수   험   번   호
학교반코드 반 번 호

3

사회탐구
과학탐구

문경민

2016년 중앙신인문학상을 받으며 작품 활동을 시작했다. 장편소설 《지켜야 할 세계》《앤서》《화이트 타운》, 청소년소설 《홀홀》《나는 복어》, 어린이소설 《딸기 우유 공약》《우리들이 개를 지키려는 이유》《용서할 수 있을까》《나는 언제나 말하고 있었어》《열세 살 우리는》 '우투리 하나린 시리즈' 등이 있다. 혼불문학상, 문학동네청소년문학상 대상, 권정생문학상, 다시 새롭게 쓰는 방정환 문학 공모전 대상을 수상했다.

지영은 차를 교육지원청 주차장에 대고 시계를 확인했다. 학교폭력대책심의위원회 개최 시각은 오후 2시. 장학사가 심의위원들은 꼭 1시 30분까지 와서 사안을 파악해 달라고 했으나 도착한 시간은 1시 55분이었다.

지영은 선바이저를 내려 거울에 얼굴을 비춰보았다. 콜록거리는 초등학교 3학년 둘째 아들을 데리고 병원에 다녀오느라 출발이 늦어버렸다. 아파트 지하 주차장에서 정신없이 뛰었으나 차는 번번이 신호등에 걸렸다. 지영은 머리카락만 조금 다듬은 뒤 쇼퍼백을 챙겨 들고 차에서 내려 3층에 있는 회의실을 향해 올라갔다. 11월이 되면서 심의위원회가 자주 열렸다. 지영은 학교폭력대책심의위원회의 학부모 위원이었다. 회의가 끝난 뒤에 입금되는 심의비가 생각보다 많았으나 돈 때문에 이 일을 2년째 하고 있는 건 아니었다.

3층 복도 끝에 서 있던 학교폭력 담당 장학사가 지영을 보고 손을 올렸다. 긴 복도를 달려 회의실 앞에 당도하자 숨이 찼다. 지영은 참석자 명부와 비밀유지서약서에 서명을 하며 말했다.

"제가 좀 늦었죠?"

장학사는 대꾸 없이 웃음을 지어 보이고는 문을 열어주었다.

지영은 교실 절반 크기의 회의실로 들어가 'ㄷ' 자 형태로 배치된 검은 책상 중에서 자기 명패가 놓인 자리에 앉았다. 심의위원 자리 맞은편에는 학교폭력 관련자들이 앉는 책걸상이 거리를 두고 놓여 있었다. 회의실은 숨소리가 들릴 만큼 조용했다. 여섯 명의 심의위원은 책상 위에 놓인 사안조사보고서와 확인서 등의 자료를 들여다보고 있었다. 심의위원들은 지영에게 반가운 눈인사를 건네고 다시 책상 위 문서에 눈을 박았다. 심의위원장은 퇴임이 얼마 남지 않은 교장이었고 위원들은 경찰, 변호사, 교사, 학부모들이었다. 이 자리에서 사안의 학교폭력 여부와 가해 학생에게 내리는 조치를 결정하게 된다. 지영도 자기 책상 위에 올라온 보고서를 펼쳤다.

보고서는 읽기에 막막할 정도로 두툼했다. 보고서 옆에는 태블릿PC도 있었다. 이제 곧 심의위원회가 시작될 터였다. 관련 학생과 학부모들의 이야기를 듣기 전에 사안을 대략이라도 파악해야 했다. 마음이 급해진 지영은 옆에 앉은 학부모 위원에게 속삭이듯 물었다.

"이거 어떤 사안이에요?"

학부모 위원도 작은 목소리로 대답했다.

"집단 따돌림이에요. 전부 같은 중학교 2학년이고요. 가해 관련자는 여섯 명이고 피해 관련자는 한 명이에요. SNS에서 욕하고 따돌리고 교실에서도 창피를 주고 무시하고 그랬대요."

지영은 태블릿PC를 켜면서 이건 뭐냐고 물었다. 학부모 위원은 쓴웃음을 지으며 말했다.

"가해 관련자들이 맞신고를 하면서 낸 증거 영상물이

에요. 신고당한 뒤에 피해 관련자를 신고한 거죠."

"왜요?"

"피해받았다는 애가 나쁜 놈이라고 그러네요. 걔가 먼저 대장처럼 굴면서 자기들한테 나쁜 짓도 시키고 욕하고 때리고 그랬다고요."

"당한 대로 갚아준 거다?"

"그런 셈이죠. 피해 쪽이 늦는대요. 가해 쪽 얘기 먼저 듣고 피해 쪽 얘기 듣게 됐어요."

학부모 위원은 한숨을 섞어 말했다. 관련 학생들이 많아서 오늘은 6시 전에 끝날 거 같지 않다고. 지영은 첫째 민규의 오후 일정을 떠올렸다. 중학교 수업 끝나고 집에 오면 5시쯤 될 것이다. 심의위원회가 6시 넘어 끝나면 저녁을 차려주기 어려울 것 같았다. 지영은 애들 아빠에게 일찍 들어와서 저녁 좀 챙겨달라고 문자메시지를 보낸 뒤 보고서를 훑었다.

학교에서 작성한 보고서는 상당히 꼼꼼했다. 피해 관련 측이 작성한 학생확인서와 보호자확인서 내용도 자세했다. 문장과 구성을 보니 변호사가 붙은 것 같았다. 정신과에서 뗀 진단서도 있었는데 피해 학생이 학교폭력으로 인한 불면증을 호소하고 있으며 우울증이 의심된다는 소견이 적혀 있었다. 지영은 소견서에 적힌 병원 이름을 보고는 실소했다. 써달라는 대로 써주는 병원으로 소문난 곳이었다. 피해 관련 측 문서 중에는 변호사가 작성한 두툼한 서류도 있었다. 지영의 한쪽 눈가가 찌푸려졌다. 학교폭력에 변호사가 끼어서 일이 잘 풀리는 걸 본 적이 없었다.

예감이 좋지 않았기 때문일까. 보고서를 빠르게 읽어 내려가는데 머릿속에서 잡음이 이는 듯했다. 3년 전, 민규가 초등학교 5학년 때 학교폭력을 당했던 일이 떠올랐다. 지영은 그 일을 겪으면서 잠도 제대로 자지 못했고 밥도 잘 먹지 못했다. 결국은 정신과 상담을 받고서야 일상을 회복할 수 있었다. 사안이 그때와 비슷했다. 피해 관련 학생의 이름도 낯익어서 불길한 느낌마저 올라왔다.

"자, 그럼 시작할까요?"

심의위원장이 위원들의 시선을 모으고 개회를 선언했다. 지영은 어깨를 펴고 마음을 가다듬었다. 가해 관련 학생들이 차례차례 학부모와 함께 회의실로 들어왔다. 심의위원장은 학생과 학부모를 간단히 위로하고 심의위원들 중 개인적인 관계가 있어서 심의에서 배제해야 할 사람이 있느냐고 물었다. 가해 관련 학생과 학부모들은 모두 이대로 진행해도 괜찮다고 했다.

지영은 주의 깊게 학생과 학부모들의 이야기를 들었다. 우는 학부모도 있었고 화를 내는 학부모도 있었다. 가해 관련 아이들은 처음에는 말도 제대로 하지 못했으나 질문과 대답이 오고 가면서 자기 이야기를 꺼내기 시작했다. 가해 관련 학생들의 입장은 비슷했다. 억울하다고 했다. 자기들도 잘못하긴 했으나 당한 것에 비하면 새 발의 피라고 했다.

박정후는 자기랑 같이 PC방 갈 애를 골라서 가는 애예요.

박정후가 제 돈을 직접 빼앗지는 않았어요. 하지만 걔한테 뭘 사 주고 나면 빼앗긴 기분이 들어요.

박정후가 우리 중 한 명에 대해서 걔 좀 그렇지 않냐? 라고 얘기하면 걔랑 놀 수가 없어요. 같이 왕따당할까 봐요.

박정후는 거짓말도 잘하고 이간질 같은 것도 잘해요.

박정후가 제 무선 이어폰을 가져가놓고는 끝까지 자기 거라고 우기는데 미치는 줄 알았어요. 그냥 포기했는데 집에 갈 때 보니까 제 무선 이어폰이 쓰레기통에 있더라고요.

저희 여섯 명이 잘못한 게 있긴 한데요. 그건 일종의 반란 같은 거였어요. 나쁜 왕을 몰아내는 거요. 쿠데타 아시죠?

심의가 진행될수록 눌리는 기분이 들었다. 박정후. 하필이면 박정후. 3년 전, 민규를 괴롭힌 아이의 이름도 박정후였다. 저 애들이 말하는 박정후가 그 박정후일까. 그때도 집단 괴롭힘이었다. 정후를 중심으로 뭉친 남자애 무리는 단체 채팅방에 민규를 끌어들여 외모를 비하했고 성적인 단어가 섞인 말로 조롱했다. 교실의 다른 애들에게 부담을 주어 민규를 외톨이로 만들었다. 민규에게 쉬는 시간은 견디는 시간이었다. 민규는 정후가 요구하는 모든 걸 들어주었다. 정후 무리의 PC방 비용을 댔고 과자와 음료수 같은 것을 사 주었고 기프트 카드를 선물이라며 건넸다.

민규 팔뚝의 가늘고 긴 흉터는 그때 생긴 것이었다. 자해였다. 민규는 휴대전화로 기괴한 노래를 들으며 자기 방에서 커터 칼로 팔뚝에 얕은 금을 그었다. 민규가 당해온 일을 알게 된 날 밤, 지영은 견딜 수 없는 마음으로 밖을 배회하다가 아파트 단지 놀이터에서 정후와 마주쳤다. 지영은 떨리는 목소리로 물었다. 우리 아들한테 왜 그랬느냐고. 정후는 불만스러운 얼굴로 대꾸했다.

"제가 뭘요?"

지영은 간신히 이성을 붙잡으며 민규가 정후 때문에 괴로워한 일을 차분히 늘어놓았다. 정후는 운동화 코를 바닥에 톡톡 찍으며 한 마디 한 마디 넘어갈 때마다 빨라지는 지영의 이야기를 다 들었다. 지영은 떨리는 목소리로 물었다.

"이게 잘못이 아니야?"

"걔가 저랑 친구 하고 싶어 해서 그런 거예요."

자신을 말간 얼굴로 올려다보는 정후 앞에서, 지영은 도망치듯 자리를 피했다. 그 자리에 있다가는 정후의 멱살을 틀어쥐고 죄를 자백하라며 악을 쓰게 될 것 같았다. 석

달 동안 민규가 정후 무리에게 쓴 돈은 90만 원이 넘었다. 민규는 그 돈을 마련하려고 지영과 할머니의 지갑에 손을 댔다. 돈만이 문제가 아니었다. 민규의 마음과 팔뚝에 남은 상처는 오래도록 지워지지 않을 것이었다.

그 박정후가 이 박정후일까. 동명이인일 수도 있었다. 지영은 흔들리는 마음을 다잡으며 심의에 집중했으나 시간이 지날수록 아찔한 기분이 더 자주 찾아들었다. 가해자들의 이야기를 듣고 있자니 점점 더 확실해지는 듯했다. 진술 중에 나오는 부모님의 직업, 박정후의 성격, 버릇, 말투 같은 것들이 하나하나 모여 그 박정후를 그려갔다.

가해 관련 측 여섯 명의 이야기가 끝났다. 심의위원장이 피곤한 기색으로 장학사에게 말했다.

"두 시간이나 했는데 잠깐 쉬었다가 해도 되지 않을까요?"

장학사는 난처한 표정으로 피해 관련 학생 가족이 지금 복도에 와 있다고 말했다. 심의위원장은 한숨을 내쉬며 알았다고 했다. 다른 심의위원들은 물을 마시고 어깨를 풀며 다음 순서를 기다렸으나 지영은 굳어버린 것처럼 책상 중앙을 노려보며 자신에게 닥칠 상황을 상상했다.

복도에서 발소리가 울렸다. 문이 열렸다. 들어온 사람은 피해 관련 학생, 학생의 아버지와 어머니, 그리고 갓 서른이 넘었을까 싶은 남자 변호사였다. 이마를 훤히 드러낸 아버지는 정장 차림이었고 하이힐을 신은 어머니는 가장자리를 금색 실로 꾸민 마스크를 쓰고 있었다. 그들을 흘끗 쳐다본 지영은 눈을 감고 말았다.

그 박정후였다. 살이 쪄서 퉁퉁했으나 알아보지 못할 정도는 아니었다. 지영은 팔뚝을 세워 얼굴을 반쯤 가리고 손가락 사이로 정후를 곁눈질했다. 크고 둥근 정후의 눈은 뻔뻔해 보였다. 등받이에 비스듬히 기대어 앉은 자세도 불량스러웠다. 정후의 아버지가 무어라 으르듯 이야기하자 정후는 허리를 세우고 바로 앉았다. 주변을 구경하듯 훑던 정후의 시선이 지영에게 향했다. 지영은 자기도 모르게 눈길을 떨구고 말았다.

심의위원장이 진중한 투로 입을 열었다.

"이곳에 오기까지 많은 어려움이 있었을 겁니다. 공정하게 사안을 심의하겠습니다. 피해 관련 측에서도 진실한 태도로 임해주십시오. 무엇보다 이 자리가 징벌이 아닌 교육을 위한 것임을 알아주시면 좋겠습니다."

그 말을 끝내고, 심의위원장은 심의위원들을 향해 말했다.

"심의위원님들께서는 피해 관련 측에 얼굴을 보여주십시오."

심의위원들이 정후와 정후 부모를 향해 고개를 돌렸다. 딱딱하게 굳어버린 지영은 책상 위에 시선을 고정하고 주먹을 가만히 말아 쥐었다. 심의위원장이 정후에게 절차상의 질문을 던졌다.

"심의위원들 중에 아는 사람이 있나요? 배제해야 하는 위원이 있다면 얘기하세요."

곧장 다음 순서로 넘어가려던 심의위원장의 목소리가 걸린 듯이 멈췄다. 무슨 일이 벌어진 것인지 지영은 알 것 같았다. 회의실의 모든 시선이 지영에게 쏠리는 듯했다. 심의위원장이 난처한 목소리로 말했다.

"확실한가요?"

지영은 고개를 들었다. 정후가 검지를 들어 지영을 가

리키고 있었다. 다물었던 입가가 벌어지며 헛웃음이 흘렀다. 정후는 지영의 시선을 피하며 입술을 달싹였다.

"아줌마, 나가주세요."

예상했던 모멸감이 찾아들었다. 오늘 밤 지영은 잠을 이루지 못할 것이다. 내일 아침에도 지영은 굳은 얼굴로 아침을 맞이할 것이다. 애들 아빠와 애들에게 갈라진 마음을 들키지 않기 위해 억지로 웃는 표정을 지어 보일 것이다.

지영은 자리에서 일어섰다. 당황한 심의위원장과 장학사가 무어라 말을 건넸으나 지영은 가방을 챙겨 들고 그대로 복도로 나와버렸다.

다시는 이곳에 오고 싶지 않았다. 민규의 학교폭력 일을 겪은 뒤 무언가를 해야겠다 싶어 지원한 일이었다. 이 일로 다른 사람을 돕고 자신을 일으킬 수 있을 거라 생각했다. 허탈하게 웃음을 흘리며 계단을 향해 걸어가는데 뒤에서 문 열리는 소리가 들렸다.

"저기요."

지영은 걸음을 멈췄다.

"민규 엄마 맞죠?"

정후 엄마였다. 지영은 가슴이 부풀도록 숨을 들이마시고 허리를 세웠다. 몸을 돌리자 다섯 걸음 앞에 서 있는 정후 엄마가 눈에 들어왔다. 지영은 담담히 입을 열었다.

"이런 데서 보네요."

정후 엄마는 할 말을 잃은 듯 가만히 서 있다가 나지막이 말했다.

"잘 지내셨어요?"

"덕분에요."

정후 엄마의 시선이 아래로 떨어졌다. 3년 전 두 사람은 휴대전화로 날 선 감정을 주고받았다. 지영의 사과 요구에 정후 엄마는 "죄송하긴 하네요"라고 대꾸했다. 통화의 시작은 냉랭했으나 몇 마디 주고받은 뒤로는 둘 다 자기 아들을 변호하기 바빴다. 거친 감정이 오가던 통화 끝에 지영은 눈물을 흘리며 말했다. 이 일로 자신이 얼마나 힘들었는지 아느냐고, 잠도 못 자고 밥도 못 먹고 아이를 학교에 보내놓고 기도하는 심정으로 하루를 보낸다고 했다. 그 말에 정후 엄마는 싸늘한 목소리로 대꾸했다.

"우리 애도 그쪽 애 때문에 힘들었어요."

그 말이 지영을 오래도록 괴롭혔다. 대체 그게 무슨 소리일까. 민규 말만 듣고 사태를 파악하지 말라는 걸까. 민규가 정후에게 뭘 어쨌다는 걸까. 정후는 자기 엄마에게 이 사태를 무어라 설명한 걸까. 정후 엄마는 이 일을 어떻게 이해하고 있기에 억울해하는 걸까. 교실에서 민규는 어떻게 살고 있었던 걸까. 지영은 자신이 이 사태의 모든 것을 민규에게서 들은 대로 이해하고 있다는 것과 자신은 실제로 벌어진 일을 알 수 없다는 것을 알아차렸다. 그제야 비로소 민규와 같은 반 아이 엄마들이 지영에게 했던 말들이 떠올랐다.

　"민규가 은근히 쉽지 않지. 아들 키우는 게 힘들어."

　"다른 애들 얘기는 들어봤어? 아니, 오해는 말고."

　"애들 다 크면 괜찮아진대."

　그날 새벽, 지영은 잠든 아이의 얼굴을 내려다보았다. 지영에게 크나큰 기쁨을 주었던 소중한 아이였다. 아이가 자신의 품에서 멀어져가고 있었다. 작고 귀여웠던 아이의 어린 시절이 지나가버렸다는 것과 자신이 아이를 어찌할 수 없고 이해할 수 없는 때가 왔다는 것도 알 수 있었다.

서글픈 그 깨달음은 언젠가 겪어야만 하는 아픔이기도 했고 예정된 순서이기도 했다.

민규에게 어떤 잘못이나 미성숙한 실수가 있었다고 하더라도 정후가 민규에게 저지른 짓을 그냥 넘길 수는 없었다. 지영은 그 일을 학교폭력으로 신고했다. 정후는 절차에 따라 조치를 받은 뒤 다른 곳으로 이사를 갔다.

정후 엄마가 마스크를 벗어 주머니에 넣었다. 붉은 립스틱을 칠한 정후 엄마의 입가가 희미하게 떨린 것 같았다.

"다른 애들도 쓰레기 같은 애들이에요."

"……뭐라고요?"

정후 엄마가 지영의 시선을 견딘 건 잠시뿐이었다. 정후 엄마의 눈에 물기가 차오르더니 뺨 위로 눈물이 선을 그으며 내려와 턱 끝에 맺혔다. 정후 엄마가 울음을 누르며 말했다.

"정후나 쟤들이나 한통속이에요. 다 같이 몰려다니면서 애들 괴롭히고 사고 치고 물건을 훔치고 나쁜 짓만 골라가면서 했어요. 그래놓고 자기들 싸움에 어른들이랑 학교를 끌어들인 거예요. 변명 같지만, 저는 이러고 싶지 않

있어요. 남편은 완고해요. 수그리고 반성하면 지는 거라고 생각하는 사람이죠."

정후 엄마가 손으로 눈물을 닦으며 중얼거렸다.

"정말…… 어떻게 하면 좋을지 모르겠어요."

지영은 정후 엄마의 얼굴에서 3년 전 자신의 얼굴을 보고 말았다. 두터운 화장과 마스크로 감추려 했겠으나 지영은 알 수 있었다. 정후 엄마가 어떻게 지내고 있는지를.

정후 엄마가 지영에게 고개를 숙이며 말했다.

"3년 전에 죄송했어요."

지영은 자기 안에 일렁이는, 무엇이라 명명할 수 없는 뒤엉킨 마음을 가만히 바라보았다. 어떻게 해야 하는지, 무슨 말을 하는 게 좋은 것인지, 지금의 나는 어떤지 감조차 잡히지 않았으나 하나만은 분명했다. 지금 이 순간을 아주 오래도록 기억하게 되리라는 것을.

지영이 말했다.

"몇 살이세요?"

정후 엄마는 물기 어린 눈을 깜박이다가 말했다.

"마흔다섯이요."

지영은 슬프게 웃으며 말했다.

"우리 동갑이네요."

당황한 표정을 지었던 정후 엄마는 이내 지영과 비슷하게 웃으며 손등으로 눈가를 눌렀다. 회의실에서 젊은 변호사의 낭랑한 목소리가 들려오기 시작했다. 정후 엄마가 말했다.

"들어가봐야 해요."

"네, 가보세요."

지영과 정후 엄마는 서로를 향해 고개 숙여 인사했다. 정후 엄마는 문 앞에서 심호흡을 하고 다시 회의실로 들어갔다. 지영은 창밖 먼 곳에 시선을 던졌다. 지금 돌아가면 저녁을 차려줄 수 있을 것 같았다. 애들 아빠에게 일찍 와달라고 했으니 어쩌면 오랜만에 네 가족이 한 식탁에 둘러앉을 수 있을지도 몰랐다. 무엇을 차리면 좋을까 생각하자 배가 고파왔고 긴 한숨이 터져 나왔다. 굳은 얼굴이 풀어지면서 불현듯, 자기 아들이 쓰레기 같다고 말하며 괴로워하던 정후 엄마가 생각났다. 얼마나 힘들까. 얼마나 괴로울까. 지영은 걸음을 옮기며 바라는 마음으로 생각했다.

정후에게도, 정후 엄마에게도 이 모든 일이 되풀이되지 않는 과거가 되기를.

복도를 걷는데 뒤에서 장학사가 "위원님, 위원님!" 하고 부르며 달려왔다.

"괜찮으세요? 이게 다 무슨 일인 거죠?"

늦은 오후의 햇살이 지영의 뺨을 감싸듯 비추었다. 지영은 슬프게 웃으며 말했다.

"지나간 일이요."

우리들의 방과 후

서유미

2007년 장편소설 《판타스틱 개미지옥》으로 문학수첩작가상을 받으며 작품 활동을 시작했다. 장편소설 《쿨하게 한 걸음》《당신의 몬스터》《끝의 시작》《틈》《홀딩, 턴》《우리가 잃어버린 것》, 소설집 《당분간 인간》《모두가 헤어지는 하루》《이 밤은 괜찮아, 내일은 모르겠지만》《밤이 영원할 것처럼》, 산문집 《한 몸의 시간》 등이 있다. 창비장편소설상, 김승옥문학상을 수상했다.

수업 끝나는 종이 치자 서진은 교과서를 사물함에 넣고 필통과 알림장을 챙겼다. 효우도 서둘러 책상을 정리한 뒤 배낭을 멨다. 둘의 배낭에는 똑같이 생긴 하트 모양의 키링이 매달려 있었다. 서진과 효우는 6학년 1반 교실 밖으로 나오자마자 계단을 뛰어 내려가 후문 쪽으로 부지런히 걸어갔다. 둘의 어깨 아래까지 늘어진 긴 머리카락이 배낭에 달린 키링과 함께 찰랑거렸다. 겨울이지만 날씨가 포근해서 가을이 이어지는 것 같았다.

　서진은 아침에 등교할 때부터 이 순간을 기다려왔다. 쉬는 시간에도 효우의 자리로 가서 틈틈이 수다를 떨었지만 금세 수업 시작 종소리가 들렸고 할 이야기는 많이 남

우리들의 방과 후

아 있었다. 주말이 지난 뒤에는 언제나 할 이야기가 잔뜩 쌓였다. 지난주에는 효우가 가족여행을 가서 학교에 나오지 않았기 때문에 평소보다 할 얘기가 넘쳤다.

서진이 좋아하는 아이돌의 노래를 부르자 효우도 자연스럽게 따라 불렀다. 둘은 운동장을 지나 후문 쪽으로 걸어가며 두 곡의 노래를 불렀다.

"아, 코인노래방 가고 싶다."

효우가 어깨를 흔들자 서진이 나도 나도, 하며 발을 굴렀다. 효우가 휴대전화를 꺼내 시간을 확인했다. 월요일 방과 후에는 30분 정도의 여유가 있었다.

"뭐 먹을까?"

후문 밖으로 나가면서 효우가 1번과 2번, 3번 중에서 고르라고 했다. 학원에 가기 전에 둘은 후문 근처 편의점에서 컵라면을 먹거나 큰길 쪽으로 나가 떡볶이나 탕후루를 사 먹곤 했다. 급식을 먹은 지 얼마 되지 않아 배는 고프지 않았지만 밖에서 파는 먹거리는 맛있었고 군것질은 언제나 즐거웠다.

서진은 1번과 2번, 3번이 뭔지 듣지도 않고 1번이라고 대답했다. 효우가 탕후루 당첨, 하면서 손뼉을 쳤다.

　월요일의 서진과 효우는 일주일 치 용돈을 받아서 주
머니 사정이 괜찮았다. 사실 용돈은 언제나 넉넉한 편이었
다. 부족한 건 시간이었다. 서진과 효우는 서로 다른 학원
에 다니기 때문에 수업 시간표도, 학원이 끝나는 시각도
달랐다. 집도 효우는 학교 정문 쪽, 서진은 후문 쪽이라 같
이 놀 수 있는 시간은 학원 가기 전의 30분 정도가 전부였
다. 그 30분을 확보하기 위해 효우는 학원 셔틀버스를 포
기했고 서진은 효우의 학원까지 같이 걸어갔다가 혼자 학
교 쪽으로 돌아온 뒤 학원에 갔다.
　학원에 늦거나 빠지면 엄마에게 바로 연락이 가기 때
문에 둘은 아쉬워도 시간을 지키려고 애썼다. 효우의 마음
이 흔들릴 때는 서진이 잡아주고, 서진이 엄마한테 전화해
서 하루 빠지면 안 될지 물어보자고 조를 때는 효우가 고
개를 저었다.
　오후 2시 35분에 서진과 효우는 문방구와 편의점을 지
나 큰길 쪽으로 나갔다. 바람이 불면 앞머리가 갈라지는

우리들의 방과 후

걸 막으려고 서진은 고개를 옆으로 돌리고 효우는 손으로 이마를 가렸다. 그때마다 둘은 아, 바람, 하면서 소리 내어 웃었다.

큰길로 나와 왼쪽으로 걸어가면 버스 정류장이 나오고 오른쪽으로 걸어가면 프랜차이즈 햄버거 가게와 떡볶이랑 튀김을 파는 분식집이 나왔다. 서진과 효우는 햄버거 가게 앞을 지나며 유리창에 붙은 세트 할인 내용과 신제품 소개를 보았다. 커다랗고 두툼한 햄버거 옆으로 세 가지 색의 걸쭉한 소스가 흘러내렸다. 오 맛있겠는데, 다음에는 저거 도전해보자, 하면서 둘이 키득거렸다. 햄버거 세트를 먹으려면 자리에 앉아야 하고 감자튀김을 케첩에 하나씩 찍어서 먹어야 하기 때문에 좀 더 긴 시간이 필요했다.

분식집 앞을 지나며 서진과 효우는 철판 위의 떡볶이와 뜨거운 국물 속에 담긴 어묵꼬치들을 보았다. 매콤하고 짭조름한 냄새가 공기 중에 퍼졌다. 다른 반 친구 셋이 와서 컵에 담긴 떡볶이를 주문했다. 안녕, 어디 가, 학원 안 늦었어? 학원 숙제했어? 맛있게 먹어, 하고 짧게 몇 마디를 주고받은 뒤 서진과 효우는 탕후루 가게로 걸어갔다.

유리 진열대 안의 과일들을 보며 효우가 와, 하고 입을 벌렸다. 밝고 선명한 색감의 과일들이 조명 아래서 반짝거렸다. 설탕 시럽을 바른 딸기와 귤과 샤인머스캣과 블랙사파이어, 방울토마토를 보며 서진과 효우는 무엇을 먹을지 결정하지 못한 채 망설였다. 2시 40분이 지나고 있었다. 주문을 하려는 순간 효우의 엄마에게 전화가 걸려왔다. 효우는 교문을 나올 때 전화해야 하는 걸 깜박해서 엄마에게 상황을 설명했고, 아무 일 없다고, 학원에 도착해서 다시 전화하겠다는 말을 반복했다.

　　효우가 통화하는 동안 서진은 큰길의 저쪽, 지금은 둘이 갈 수 없는 곳을 쳐다보았다. 좀 더 걸어가면 문구와 액세서리, 인형 등을 파는 팬시용품점이 있었다. 서진과 효우는 군것질을 한 뒤 그곳에 들러 인형과 키링과 휴대전화 케이스와 펜과 스티커를 하나하나 살펴보는 걸 좋아했다. 사고 싶은 게 많았지만 사지 않아도 괜찮았다. 작고 예쁜 것들을 보며 이야기를 나누고 웃는 시간 자체가 좋았다. 서진과 효우는 각자의 생일에, 시험에서 100점을 맞았을 때 몇 번, 햄버거 세트를 먹은 뒤 팬시용품점에 가서 서로를 위한 선물을 샀다. 똑같은 키링을 사서 배낭에 단 뒤 스티커 사진을 찍었고 코인노래방에서 신나게 노래를 불렀다. 그런 날이 또 올지, 앞으로 몇 번이나 같이 놀 수 있을지 알 수 없었다.

"우리 엄마는 걱정이 너무 많아."

효우가 딸기를 크게 한입 베어 물자 코팅된 시럽과 언 딸기가 와사삭 부서지는 소리가 났다.

"엄마들이 다 그렇지, 뭐."

서진도 샤인머스캣 한 알을 입에 넣고 와작와작 씹어 먹었다.

"아, 진짜 마음잡고 학원 가려고 했는데 확 도망가버리고 싶네."

말은 그렇게 하면서도 서진과 효우는 탕후루와 종이컵을 들고 학원 쪽으로 걸어갔다. 2시 50분이 넘었다. 시원하고 달콤한 맛과 함께 굳었던 시럽이 어금니에 찐득하게 들러붙었다. 서진은 마지막 한 알을 입에 넣었다. 과일을 먹고 난 뒤에도 단맛이 입안에 남았다. 둘은 다가올 겨울방학과 중학교 교복에 대해 얘기하며 교복을 맞추면 입고

서 찍은 사진을 교환하기로 약속했다.

"교복은 이 동네가 더 예쁜 것 같아."

"엄마가 크게 맞추자고 하면 가만히 있지 않을 거야."

"그건 못 참지."

장난을 치고 웃으면서도 중학교 얘기를 할 때면 기대감보다 걱정과 아쉬움이 밀려왔다. 효우는 깔깔거리고 웃다가 휴대전화를 꺼내 시간을 확인했다. 3시 3분 전이었다. 학원 앞에서 효우가 가방 안에 든 핫팩을 꺼내 서진에게 건넸다. 서진은 주머니에서 풍선껌을 꺼내 하나는 효우에게 건네고 하나는 껍질을 벗겨 자신의 입에 넣었다.

"오늘은 진짜 학원 가기 싫다."

효우가 손에 쥔 풍선껌을 내려다보았다. 서진은 입안의 껌을 씹었다.

"잘 가. 내일 봐."

"응, 내일 만나."

"이따 톡 할게."

손을 흔들며 요란하게 인사한 뒤에야 효우는 학원 건물 안으로 들어갔다. 서진은 효우가 준 핫팩을 주머니에 넣고 학교 쪽으로 걸음을 옮겼다. 언제까지나 내일 만나, 라고 인사할 수 있으면 좋겠다고 생각했다. 평소에 효우와 헤어지고 나면 서진은 학원에 미리 가서 수학 숙제를 하거나 영어 단어를 외웠지만 오늘은 학교 후문 쪽으로 걸어갔다. 수학 시간까지 10분 여유가 있었다. 핫팩은 뜨끈뜨끈하고 아직 뭉친 기미가 없었다.

하교 시간이 지난 뒤의 후문과 벤치는 한산했고, 방과 후 수업과 학원 시간을 기다리는 아이 예닐곱 명이 철봉과 구름사다리, 미끄럼틀, 시소에서 뛰어놀고 있었다. 저학년 때는 서진도 철봉 옆에 가방을 내려놓은 뒤 시소를 타거나 미끄럼틀에서 잡기 놀이를 했다. 학년도 반도 다르지만 방과 후에만 만나게 되는 친구들이 거기 있었다. 고학년이 되면서 애들은 학교가 끝나자마자 바로 학원으로 갔다.

서진은 벤치에 가방을 내려놓고 앉아서 귀에 이어폰을 꽂았다. 패딩을 벗어놓고 뛰어다니는 아이들의 뺨이 붉게 달아올랐고 이마가 땀으로 젖었다. 서진은 껌을 씹으며 풍선을 커다랗게 불다가 터뜨리기를 반복했다. 오후의 햇빛에 눈이 부셨다. 6학년이 될 때 친구 몇 명이 전학을 갔다. 그건 저학년 때, 쌓인 추억이 많지 않은 상태에서 전학을 가는 것과는 달랐다. 친구들이 마지막 인사를 하기 위해 교실 앞쪽으로 나와서 안녕, 그동안 고마웠어, 우리 반 잊지 않을게, 너희들도 나 꼭 기억해줘, 라고 말하면 서진은 울지 않기 위해 입술을 꾹 깨문 채 힘껏 손뼉을 쳤다.

이번에도 방학식을 하면서 마지막 인사를 나누는 친구들이 있을 것이다. 어차피 중학교에 올라가면 학교나 반이 달라지겠지만 멀리 이사 가버리면 만날 수 있는 가능성마저 사라져버린다. 어른들은 학교 근처나 마트에서 만나면 이 동네 학군이 별로다, 학원도 시원찮다, 좋은 대학에 보내려면 초등학생 때 학교를 옮기는 게 좋다, 같은 얘기를 애들 앞에서도 아무렇지 않게 했다. 별로인 동네에 사는 사람이 지을 법한 표정과 함께. 그래서 중학교 배정이 끝나기도 전에 전학 가는 친구들이 많았다.

주말이나 방학 때 서진이 소파에 앉아 유튜브나 만화책을 보면서 빈둥거리고 있으면 엄마는 서진아, 하고 불렀다.

우리들의 방과 후

"너 곧 중학생이야."

그럴 때 엄마의 목소리는 낮고 눈동자는 걱정으로 부풀어 올랐다.

"지금부터 공부하는 습관을 들여야지."

중학생이 된 다음에는 습관을 바꾸기 힘들다고 했다. 우린 다른 동네로 이사 갈 수도 없으니까 여기서 열심히 해야 한다고 말하는 엄마를 보고 있으면 서진은 전학 가는 친구를 배웅할 때의 마음과 비슷해졌다.

이번 겨울방학 하는 날에도 서진은 친구들과 작별 인사를 나누게 될 것이다. 졸업하면 더 많은 친구와 헤어지겠지만 효우가 멀리 이사 가는 게 가장 슬펐다. 같은 학교에 다니게 될 가능성 자체가 사라지니까. '베프'인데도 종일 같이 있으면서 하고 싶은 이야기를 실컷 하고 노래도 따라 부르고 춤도 추고 유튜브도 보고 게임하며 시간을 충분히 보낸 적이 없었다. 언제나 학원 시간이 걸림돌이 되었다.

철봉 옆에 쌓여 있던 가방은 이제 두 개밖에 남지 않았다. 이 학교에서 공부할 날도, 학원 가기 전에 후문 뒤뜰에 앉아 있을 시간도 얼마 남지 않았다. 서진은 헤어짐을 어떻게 받아들이고 그로 인한 슬픔을 어떻게 지나가야 할지 알 수 없었다. 이어폰 볼륨을 높이며 미래나 자신의 인생에 대해서도 잘 모르겠다고 생각했다. 그런 얘기를 하면 어른들은 사춘기라 그래, 네가 사춘기라 쓸데없는 생각을 하는 거야, 라고 했다. 그런 건 대학에 가서 고민해도 충분하다고 했다.

"사춘기라는 말 너무 짜증 나지 않냐."

30분 전에도 서진과 효우는 탕후루를 오독오독 씹으며 짜증 나, 뭐만 하면 사춘기 때문이래, 그 말이 제일 듣기 싫어, 하고 투덜거렸다.

"요즘 우리 엄마가 제일 많이 하는 얘기도 그거야."

서진은 사춘기라서 쓸데없는 얘기를 하는 게 아니라 인생에 대해 궁금한 것이 많아졌다. 공부와 상관없고 해답이나 정답이 없어 보이는 것들에 대해 좀 더 알고 싶고 얘기하고 싶어졌다. 그런데 학교나 학원 모두 그런 것에 대해서는 가르쳐주지 않았다.

마지막 두 개 남은 가방의 주인들이 후문 옆에 대기 중

우리들의 방과 후

인 학원 버스에 탔다. 서진도 서두르지 않으면 수학 시간에 지각할 것 같았다. 벤치에 앉아 발을 까딱거리며 서진은 학원에 가고 싶지 않다고 생각했다. 공부하기 싫은 건 아니었다. 수학과 영어는 어려워지기 시작했고 친구들 대부분이 수학과 영어 학원 정도는 다닌다는 것도 알았다. 학교에서 선생님이 설명하는 내용만 들으면 시험을 잘 볼 자신이 없었다. 문제를 풀지 못하고 점수가 엉망으로 나오는 걸 원하는 건 아니었다.

겨울방학까지 2주밖에 남지 않았는데, 방학이 시작되면 효우는 바로 이사 갈 텐데, 하루쯤은 수업이 끝난 뒤 효우와 같이 시간을 보내면 안 될까. 엄마들을 졸라볼까, 하고 서진이 물었을 때 효우가 그 동네 학원에서는 방학 다음 날부터 예비 중학생 특강을 시작한다고 했다.

"좋은 고등학교에 가려면 지금부터 준비해야 한대."

시간표를 알려주며 효우가 손날로 목을 긋는 시늉을 했다.

"그래도 엄마한테 얘기는 해볼게."

"그럼 우리는 언제 놀 수 있는 거야? 대학 가면?"

"아닐걸."

"너무하네."

서진과 효우는 탕후루의 나무 막대를 버리며 너무하네, 라고 반복했다. 그러면서도 다음에는 새로 나온 햄버거 세트를 같이 먹자고 약속했다.

서진은 풍선껌을 씹으며 벤치에서 일어났다. 겨울의 햇빛은 밝고 공기는 따뜻하고 이어폰 속 노래를 부르는 가수의 목소리는 환상적이었다. 주머니 안의 핫팩은 아직 뜨끈뜨끈하고 언제까지나 열기가 식지 않을 것 같았다. 서진은 핫팩을 반대쪽 주머니로 옮겼다. 덕분에 학원 가는 길이 외롭지 않았다.

우리들의 방과 후

김남숙

김현

전국연합학력평가 답안지

3월 고3

/탐구영역

(사회/과학)

고등학교

국 어

영 역

성 명

수 험 번 호

학교번호   3

사회탐구
과학탐구

김현

2009년 〈작가세계〉 신인상을 받으며 작품 활동을 시작했다. 소설집 《고스트 듀엣》, 시집 《글로리홀》《입술을 열면》《호시절》《낮의 해변에서 혼자》《다 먹을 때쯤 영원의 머리가 든 매운탕이 나온다》《장송행진곡》, 산문집 《걱정 말고 다녀와》《아무튼, 스웨터》《질문 있습니다》《당신의 슬픔을 훔칠게요》《어른이라는 뜻밖의 일》《다정하기 싫어서 다정하게》 등이 있다. 김준성문학상, 신동엽문학상을 수상했다.

김남숙은 어딘가 달랐다. 처음 봤을 때부터 이쪽이라는 걸 딱 알아챘다. 김남숙도 나를 알아봤을까? 그럴 리 없다. 나, 꽤 잘 숨기고 있으니까. 일단은 쇼트커트가 아니다. 그거면 됐다 싶기도 하겠지만 남자친구도 있다. 전우석. 고1 가을부터 만나기 시작했다. 키만 믿고 모델을 한다며 까불고 다니는 앤 줄로만 알았는데, 좋아하는 모델의 레전드 화보를 수집하고, 그 사진들을 찍은 포토그래퍼 한 명 한 명의 이력을 술술 읊는 걸 보곤 사귀기로 확정했다.

처음엔 사귈 생각이 전혀 없었다. 키도 크고 얼굴도 나름 반반한 애가 눈도 못 마주치고 사귀자고 하길래 놀려나 볼까, 놀아나 볼까, 몇 번 더 만나며 생각해보겠다고, 괜

김남숙

찮겠느냐고 했는데, 팽 돌아서지 않고 알겠다고 하더니만 그 후론 귀찮게 하지도 않고 오라면 오고 가라면 가고 말을 잘 들었다. 그게 좋은 점수를 받았다. 한번은 하굣길에 갑자기 소나기가 내려서 학교 앞 버스 정류장에 발이 묶여 있다고 했더니 우산을 쓰고 와선 내게 건네주고 자기는 교복 재킷을 펼쳐 들고 뛰어갔다. 가다가 뒤를 한 번 돌아보더니 웃으면서 손도 흔들었다. 어디서 본 건 많아서. 그런 마음이었는데도 김 서린 버스 창문에 그 애 이름을 썼다 지웠다.

하나 더. 우석에게는 한 살 터울의 누나가 있었다. 유미 언니. 비주얼이 남달랐다. 팔다리는 길쭉하고 마른 고양이 상. 찰랑찰랑 생머리. 센터급. 다들 그 언니랑 친해지고 싶어서 안달이었다. 우석을 만나서 그 언니네 집에 놀러 가는 상상을 하면 가슴이 뛰었다. 집에서 보는 유미 언니는 어떤 모습일까(어떤 모습이었냐면……), 유미 언니만 괜찮다면 같이 누워서 밤새 수다를 떨 텐데(그날 밤 유미 언니가 내게 비밀을 말해줬는데……), 아무리 잠이 많은 나라도 그게 가능할 텐데(내가 하고 싶은 말은 분명했다. 언니, 그 오빠랑 헤어져요), 생각할수록 절로 미소가 지어지면서(나 어젯밤에 유미 언니랑……) 우쭐한 기분이 되었다. 높은 점수를 받을 만했다.

이러한 점층적 단계를 거쳐 우석과 사귀기 시작한 게 벌써 햇수로 2년째다. 졸업 전에는 반드시 헤어져야 하는데…… 정이 든 건지 우석이 앞에만 서면 자꾸 다른 소릴 하게 된다. 진보한 패션은 박수받지만 진부한 패션은 외면당합니다. 사람이 너무 착하기만 해도 못써, 너 그 판이 어떤 판인 줄 알아? 털어놓지 않아도 되는 걸 털어놓고. 그래도 우석이 너는 좀 맹해 보이는 게 매력이야. 그러니까 자주 웃어. 학교에서도, 집에서도, 내 앞에서도…… 하지만 늦어도 12월에는 꼭 헤어지자고 말해야지. 물론, 우석이는 이런 내 마음을 전혀 모르고 있다. 걘 벌써 우리 둘만의 첫 외박 여행을 계획 중이다. 놀랍게도 우석인 섬에 간 연인이 배가 끊겨 어쩔 수 없이 함께 하룻밤을 보내게 되는 스토리가 낭만적이라고 생각하는 요즘 보기 드문 애였다. 사실, 이젠 그런 얘길 아는 애들 자체가 없다. 다들 그저 환승이니 '엑스녀'니 '엑스남'이니 그런 것만. 그런 애

217

김남숙

한테 단도직입적으로 말했다. 하고 싶으면 멀리 가지 말고 그냥 우리 집에서 하자. 우석은 귀까지 새빨개져서는 웃기만 하고. 그게 앙증맞아 보인 것도 사실이지만, 그건 어디까지나 언제까지나 귀여운 것, 미지근한 것, 뽀송뽀송한 것. 그러나 사랑은 그런 게 아니니까. 사랑은 어디까지나 언제까지나 뜨거운 것, 거친 것, 부딪쳐 이겨내는 것.

여하튼 이제 우린 학교에서도 지고지순한 커플로 인정받는 분위기다. 선생들도 다 알아서, 처음엔 예쁘다고 귀엽다고 하더니 이쯤 되자 징그럽다고들 한다. 자기들은 결혼하고 애 낳고 이혼하고 바람피우면서.

윤리랑 영어랑 밤에 한 차를 타고 어디 어디 골목에서 나오더라는 소문이 돈 게 올봄이었다. 작년 겨울에도 목격된 적이 있다고, 그땐 설마설마했는데, 어쩐지 윤리랑 영어랑 주고받는 눈빛이 예사롭지 않았다고, 다들 더럽니, 어쩌니 속닥거렸지만, 나는 뭐 그럴 수 있다고 생각하는 부류. 우리 엄마, 아빠만 봐도 왜 저러고 사나, 헤어져서 각자 행복하게 살지. 같잖게 나 때문에 산다고 떠들어대는 꼴을 보면서 나는 종종 생각했다. 차라리 둘 다 바람이라도 피우지. 나는 불륜에 찬성한다. 윤리랑 영어랑 진짜 그런 사이라면 들키지 말고 오랫동안 만나면 좋겠다. 들키더라도 배우자와 헤어지니 마니 그러지 말고 시원하게 욕 한번 먹고 자숙했다가 다시 불륜의 세계로 돌아가면 멋질 것 같다. 내가 좋아하던 연예인들도 다 그랬으니까. 사랑은 어디까지나 언제까지나…….

아, 인제 그만 남다른 김남숙으로 돌아가보자.

김남숙은 일단, 쇼트커트다. 몇 년째 그렇다. '꼴펨'이냐는 소리가 본인 귀에 들어가지 않았을 리 없을 텐데도 그 스타일을 고수하는 걸 보면 '킹갓' 같기도 하고. 눈썹도 안 그린다. 그 흔한 틴트도 안 쓴다. 기초랑 선크림파? 그런 것치곤 피부가 검다. 아직 젊어 햇볕이 무섭지 않다 이건가. 그래도 피부에선 윤이 났다. 물광 화장발이 아니라 타고나길 그렇게 타고난 느낌? 얼굴이 해쓱하고 몸이 바싹 마른 여성이 아니라 확실히 태닝이 잘된 건강한 여성을 '추구미'로 삼은 거 같다. '도달가능미'로 여기는 것 같기도 하고. 왜냐하면 김남숙의 패션은(패션이랄 게 있다면) 운동복 패션이랄까. 항상 바지만 고집하면서 운동화를 포기하지 않았다. 점심에는 늘 운동장을 열 바퀴씩 돌고. 비가 오나 눈이 오나 심지어는 태풍이 왔다고 하는데도 바람을 가르며 달렸다. 고개를 들고 가슴을 열고 어깨를 펴고 보폭을 넓게 뛰는 힘찬 자세가 웬만한 육상 선수 못지않았는데, 또라이지. 종아리 알 봤냐. 은근 '관종'. 쇼트커트도 그런 거 아닐까. 지도 존나 안 어울리는 거 알 텐데. 몇몇 애는 뒤에서 김남숙을 욕했다. 자기들이 어떻게 보이는지는 생각조차 하지 않는 거지. 맨날 휴대전화만 들여다보면서 별 이상한 릴스나 찍어 올리는 것들이. 누가 누구한테.

물론, 김남숙이 그때만 욕을 먹은 건 아니다. 어느 날 김남숙은 편의점에 갔다가 머리가 왜 짧으냐, 페미냐, 페미년들은 두들겨 맞아야 정신을 차린다고 시비를 걸어온 새끼한테 무방비 상태로 뺨을 맞았다(고 한다). 이런 얘긴 대개 여기에서 끝이 나는데 김남숙은 달랐다(남다르다니까). 맞기만 한 것이 아니었다. 뺨에서 불이 날 것 같고, 눈앞이 빙글빙글 돌고, 눈물이 터졌는데 그 와중에도 그 새끼 불알을 정확히 가격했다(고 한다). 씨발년아, 야! 이 고자 새끼야. 그 정당한 방위 중에 크고 작은 상처를 입어 얼굴에 반창고를 붙이고 와선 피딱지가 앉은 입술로 '만약 그런 일이 생기면' 하고 김남숙이 우리한테 들려준 말들은 믿을 수 없는 무용담이었고, 믿고 싶지 않은 사건이었으며, 믿어야만 하는 진실이었다. 구라겠지. 진짜 제정신이 아닌 거지. 그러다 죽으려고. 그런 새끼들을 만나면 일단 도망가야지. 경찰에 신고해야지. 신고하면 뭐 하나 잡아가지도 않을 텐데. 잡혀가도 금방 풀려날 텐데. 그냥 피하는 수밖에 없지, 헤어졌다고 사람도 죽이는데…… 다 맞는 말이지만 그래도 나는 김남숙의 편. 솔직히 그냥 처맞고 온 것보단 낫다고 본다. 죽지 않고 살았다. 여성에게 이보다 강력한 희망의 메시지가 있을까?

꼭 그날 이야기 때문만은 아니고, 나는 김남숙에게 과거에 관해 묻고 싶었다. 김남숙은 어떤 미래를 꿈꾸었는지 말이다. '김남숙의 미래'라면 한 번쯤 귀 기울여볼 만하다고 생각했다. 그 미래에는 대학이니 현장 실습이니 취업이니 결혼이니 출산이니 부동산이니 주식이니 그런 말 말고도 분명히 다른 말이, 내가 지금껏 살면서 들어보지 못

한 이야기가 포함되어 있을 것 같았다. 그런 미래라면, 그런 미래의 김남숙과 마주 앉으면 내 비밀을 털어놓을 수도 있겠다는 용기가 생겼다. 결국에는 말하지 못했지만. 대신 뒤늦게 김남숙에게 손 편지를 전했다. 일이 있었다.

수업이 한창이던 중에 우연히 성소수자 인권이 화제가 됐다. 학교에선 페미니즘 금지, 퀴어 금지지만 반장인 혜정이가 학생인권조례 폐지와 관련한 얘길 꺼냈고, 교사와 학생의 인권에 관한 이야기가 성적지향과 성별정체성으로까지 이어졌다. 학생인권조례가 폐지된 게 성소수자들 때문이라며 괜히 자신들만 피해를 봤다는 식으로 윤석이가 불만 아닌 불만을 토로한 것이 논의에 불을 지폈다. 무식한 새끼. 나는 대꾸할 가치도 없는 얘기라고 생각했는데, 갑자기 분위기가 찬반 토론이 되었다. 이런 얘길 왜 하고 앉아 있나 열이 났는데 씩씩거리는 나와 달리 김남숙은 차분하게 이야길 이끌었다. 그런 와중에 김남숙이 나를 스쳐 가듯 보면서 씩— 웃었다. 처음엔 뭐지, 싶었다. 갑자기 왜 나를. 가슴이 두근거렸다. 김남숙은 학생인권조례가 생긴 배경과 존폐를 둘러싼 그간의 논의에 관해 조곤조곤 설명하며—'킬포'는 학생인권조례 폐지를 주도한 국민의힘 시의원을 황폐화의 주범이라고 명명할 때의 눈빛!—인권에는 순서가 있는 게 아니라고, 찬반 토론을 자연스레 의식개조 사상 교육으로 만들어갔다. 그리고 마침내 사랑이 혐오를 이긴다는 얘기에 대다수가 고갤 끄덕일 때쯤 김남숙과 다시 눈이 마주쳤다. 왜 또, 하는 순간에 눈물이 핑 돌았다. 나에 대해 뭘 안다고, 하는 순간에 나를 알아봐주는 사람과 한 교실에 있다니, 몸이 떨리는 것이 느껴졌다. 김남숙의 눈을 피해 고갤 푹 숙인 채 수업이 끝나기만을 기다렸다. 마음의 잔물결이 퍼져나갔다. 그날, 독서실 책상 앞에 앉아 김남숙에게 편지를 썼다. 《똑똑한데 가끔 뭘 몰라》라는 만화책을 읽었는데 제목이 꼭 나한테 하는 말 같았다는 얘기로 시작했다. 내 안에 있는 말은 되도록 적지 않으려고 애를 썼는데 잠깐 방심한 사이 남들이 뭐라 해도 나는 나인 채인 나를 좋아한다는 말을 적었다.

　그때부터였다. 김남숙이 나에게 묘하게 관심을 표하기 시작한 게. 그리고 나도 그게 묘하게 싫지 않아서 김남숙을 의식한 게. 너 김남숙이랑 뭐 있냐. 둘 다 왜 자꾸 찡긋

　　　　　　　　　　　　　　　　　　　　김남숙

거려. 눈치 빠른 수희에게 걸릴 뻔한 적도 있지만 수희가
한창 미쳐 있는 7반 권율 얘기로 무마했다. 율이랑 우석이
랑 악기를 배우러 다닌다는 최신 소식이었다. 뭔데, 뭔데.
우석인 뭐고 율이는 뭔데. 율이는 베이스, 우석이는 기타.
수희는 갑자기 상상의 나래를 펼치면서 너는 드럼 쳐, 나
는 건반 할게. 보컬은 선재나 철우 시키자. 밴드 이름은,
안전띠 어때? 저희의 음악으로 여러분을 안전하게 지켜
드릴게요. 한번 입이 터지면 모터를 쉴 새 없이 돌리는 수
희라 다행이었다. 그러나 수희는 모르지. 율이는 좋아하
는 사람이 따로 있다는 거. 그게 바로……. 엇갈리는 사랑
은 십대에 해야 제맛이라지만 걱정됐다. 그런 수희도, 그
런 율이도. 아무것도 모르는 우석이는 해맑게 말했다. 네
가 남 걱정하는 거 처음 본다. 그제야 알았다. 내가 김남숙
때문에 남을 걱정하기 시작했다는 걸.

　우리 중에 몸과 마음에 병이 없는 사람도 있을까?
　체육이 학교로 돌아오지 않기로 했다는 얘길 듣고 우
석에게 한 말이다. 하루 대부분을 학교에서 보내는 이들

중에 병 없는 사람 없다는 게 평소 나의 지론이었다. 우리도 우리지만 선생들도 참 불쌍하지. 우리 같은 것들 관리하랴, 진상 학부모들 상대하랴 그 와중에 처리해야 할 행정 업무도 많고. 진짜 다 몸과 마음이 아플 수밖에. 그 때문에 나는 선생들이 가끔 수업 시간에 예민하게 구는 것도 그러려니 하는 편이었다. 그러나 체육은 체육이니까. 체육은 우리의 체육. 얼굴이 네모라서 '아네모네'라고 별명을 붙여 불러도 활짝 웃고 마는 체육. 오히려 아네모네 댄스를 짜서 체육대회에서 춘 체육. 체육 시간인데 운동장에 안 나가고 왜 자습해야 하는지 모르겠다는 말에 너희 마음 모르는 건 아닌데, 라고 말할 줄 아는 체육. 알긴 뭘 알아, 꼰대 주제에. 그러는 애들도 있지만. 어쨌든 나는 그냥 꼰대보다 '소꼰'이 좋다. 그게 더 무섭지, 꼰대가 소통 왜 하는데. 우석이는 말했지만. 언젠가 체육이, 체육만이 우리에게 말해줬다. 행복을 뒤로 미루지 마. 지금 행복하고 싶으면 지금 행복해지는 일을 해. 지금 생각해보면 아무래도 그건 자기한테 하는 소리였고. 그런 말을 하고 난 직후의 체육 얼굴을 나는 또렷이 기억한다. 왜냐하면 그 얼굴은

김남숙

내가 매일 아침 거울 속에서 만난 얼굴이었으니까. 체육이 걱정됐다. 그래서 체육이 퇴직을 알리며 수업 시간에 아이스크림을 돌렸을 때 나는 누구보다 맛있게 먹었다.

체육과 유난히 잘 지냈던 김남숙은 체육이 학교를 떠나자 꽤 상심한 듯했다. 그게 내 눈에만 띈 게 아니라서 둘이 뭔가 있었던 것 같지 않냐(수희), 있긴 뭐가 있어(나), 이상하잖아 체육 그만두고 김남숙 웃는 걸 못 봤어, 웃을 일이 없나 보지, 아냐 냄새가 나는데 둘이 분명 뭔가 있어, 있으면 뭐 어쩔 건데, 있으면 너무 가슴 아프잖아, 뭐래, 이루어질 수 없는 사랑이니까, 너랑 율이처럼, 아니거든 우린 어떻게든 이어질 운명이거든. 나와 수희뿐만이 아니라 여러 사람의 대화에서 체육과 김남숙은 등장했다 사라지길 반복했을 것이다. 그러나 무성한 소문이 만들어질 새도 없이 이야기는 또 다른 이야기로 대체됐다. 환승 연애. 1반 연수가 승연이를 차고 2반 영인이가 승유를 차고 서로 만나기 시작한 것이다.

김남숙은 예전처럼 다시 볕을 쬐고 바람을 가르고 비와 눈을 맞으며 운동장을 뛰었다. 예전과 다르게 머리카락을 한 묶음으로 질끈 동여매고 다녔다. 귀걸이를 했고, 가끔은 무채색 원피스에 코발트블루색 카디건을 걸치고 굽이 낮은 구두를 신었다. 왜 저래. 은근 관종. 존나 안 어울림. 그때마다 나는 김남숙인 채인 김남숙을 좋아했다. 열심히 티를 냈다. 찡긋, 승연이와 승유가 만나기 시작했다. 찡긋, 율이가 누굴 좋아하든 수희는 율이를 좋아했다. 찡긋, 초등학교 선생님 두 분이 세상을 떠났다. 찡긋, 쇼트커트라는 이유로 얻어맞은 여성 피해자가 벌써 열 명. 찡긋, 그 후로도 윤리와 영어는 종종 동시에 목격됐다. 찡긋, 11월이 지났다. 찡긋, 우리의 첫 외박 여행. 찡긋, 나는 김남숙을 남겨두고 졸업했다.

그리고 지난 주말 퀴어퍼레이드에서 봤다. 체육이랑 김남숙이 손잡고 걷는 걸. 춤추는 걸. 가면으로 눈언저리를 가리고 있었는데, 잘못 봤나 했는데, 내 눈을 속일 순 없지. 탁구 선수 출신답게 작지만, 다부진 아네모네 신보라와 까무잡잡한 얼굴에 쇼트커트 김남숙. 체육과 국어. 두 사람은 검은색 턱시도와 흰색 미니드레스를 각각 맞춰 입고 '혼인 평등'이라는 글씨가 새겨진 깃발을 펄럭이며 전진하는 트럭 뒤에서 열심히 몸을 흔들었다. 둘 다 박자 감이 전혀 없었다. 저럴 거면 그냥 서 있지. 저건 춤이라기보단 움직임, 몸짓이라기보단 약간 지랄 발광. 귀엽고 미지근하고 뽀송뽀송했다. 사랑이란 어디까지나, 언제까지나……. 퍼레이드에 선뜻 따라와준 우석이에게는 두 사람을 봤다고 말하지 않았다. 다만, 미래의 사랑을 보았다고 했다. 어쩌면 우석이도 이미 그것을 보았을지 모른다는 예감이 밀려왔다. 열을 맞춰 시내 한복판을 관통하는 트럭들 뒤를 따라 걸으며 크게 환호성을 질렀다. 어딘가 다른 그러나 전혀 다르지 않은 기쁨을 느끼며 김남숙에게 연락했다.

— 쌤, 내년엔 퀴퍼 같이 와요!

킬러 문항 킬러 킬러
ⓒ 이기호 장강명 이서수 정아은 박서련 서윤빈 정진영
최영 주원규 지영 염기원 문경민 서유미 김현 2024

초판 1쇄 인쇄 2024년 11월 10일
초판 1쇄 발행 2024년 11월 15일

지은이 이기호 장강명 이서수 정아은 박서련 서윤빈 정진영
최영 주원규 지영 염기원 문경민 서유미 김현
펴낸이 이상훈
문학팀 박선우 최해경
마케팅 김한성 조재성 박신영 김효진 김애린 오민정

펴낸곳 ㈜한겨레엔 www.hanibook.co.kr
등록 2006년 1월 4일 제313-2006-00003호
주소 서울시 마포구 창전로 70 (신수동) 화수목빌딩 5층
전화 02-6383-1602~3 **팩스** 02-6383-1610
대표메일 munhak@hanien.co.kr

ISBN 979-11-7213-152-4 03810

· 값은 뒤표지에 있습니다.
· 파본은 구입하신 서점에서 바꾸어 드립니다.
· 이 책의 일부 또는 전부를 재사용하려면 반드시 저작권자와 ㈜한겨레엔 양측
의 동의를 얻어야 합니다